ドン・キホーテの世界をゆく

El Camino de Don Quijote

プロローグ

「マンガで読んだことはあるけれど、原文を読むのは今日が初めてなんだ」

黒人系の少年は、小学校の先生やクラスメートと共に四月二十三日、マドリード中心、グラン・ビアとアルカラ通りが交差する所にある「芸術文化センター（Círculo de Bellas Artes）」の大広間にいた。彼が並ぶ列の先には舞台が、その左手にはマイクが置かれた演台がある。並んだ人たちは舞台へと進み、小説『ドン・キホーテ』の一節が書かれた紙を受け取る。そして順番が来たら演台に立ち、前の人に続く一節を朗読する。

「緊張したけど、来て良かったよ」

出番を終えた少年は、少し照れながら笑みをこぼした。

聖書に次ぐ翻訳数と出版部数を誇るスペインの小説『ドン・キホーテ』。スペインでは、その作者ミゲル・デ・セルバンテス・サアベドラ（Miguel de Cervantes Saavedra）の命日とされている四月二十三日が、「本の日」だ。この日に合わせ、各地で『ドン・キホーテ』のリレー朗読会が開かれる。マドリードの「芸術文化センター」においては一九九五年から、一般市民はもちろん有名文化人や政治家を含む有志が、前日二十二日の正午から四八時間ぶっ続けで読みつなぐ、先のイベントが開かれている。

その会場では、老若男女、生粋のスペイン人から移民、外国人観光客まで、あらゆる人が、偉大なベストセラー小説の世界に少しでも触れてみようと、演台に立つ。途中、衛星電話を使って、ほかの国から朗読に参加する人たちも。全編を読み通せなくてもいい、まずはその息づかいを感じることが、それぞれにとっての物語の始まりとなる。

この小説は、中世の騎士道物語に夢中になり過ぎたために現実と空想の区別がつかなくなり、自ら遍歴の騎士となって「世の悪」と戦う旅に出る初老の男ドン・キホーテと、従士サンチョ・パンサの物語だ。スペイン人でも、この七百ページを超える長編小説を全部読んだ人は決して多くない。が、その登場人物たちの生きざまと物語のエッセンスは、スペイン人の人生そのものに溶け込んでいる。つまり私たちにとって、この小説に触れることは、スペインの持つ不思議な魅力に触れることでもある。

物語を読んでその大地を歩けば、あるいは物語の舞台を歩きながら作品を読み進めば、あなたは想像を超える形でスペインの豊かさを楽しむことができるに違いない。そして自分の人生をも豊かにすることができるはずだ。

これから皆さんと共に、想像力を働かせ、たまに寄り道をしながら、『ドン・キホーテ』を味わい、作者セルバンテスがドン・キホーテに歩ませた人生の道のりを、たどっていこう。

工藤律子

目次

ドン・キホーテ主従が旅した地域

前篇では、カスティーリャ・ラ・マンチャを旅し、後篇では、更にアラゴン、カタルーニャのバルセローナまで足をのばしている。

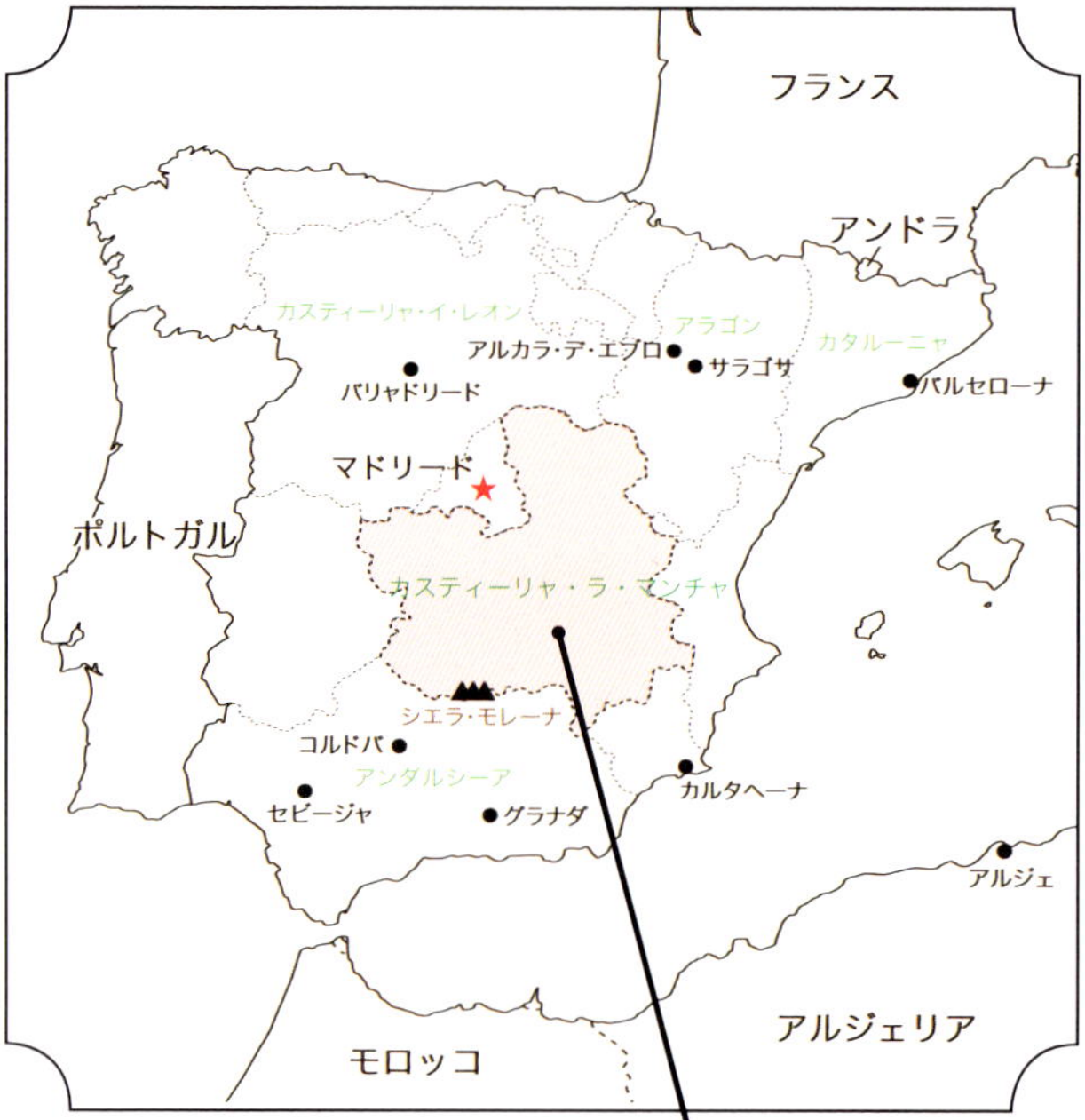

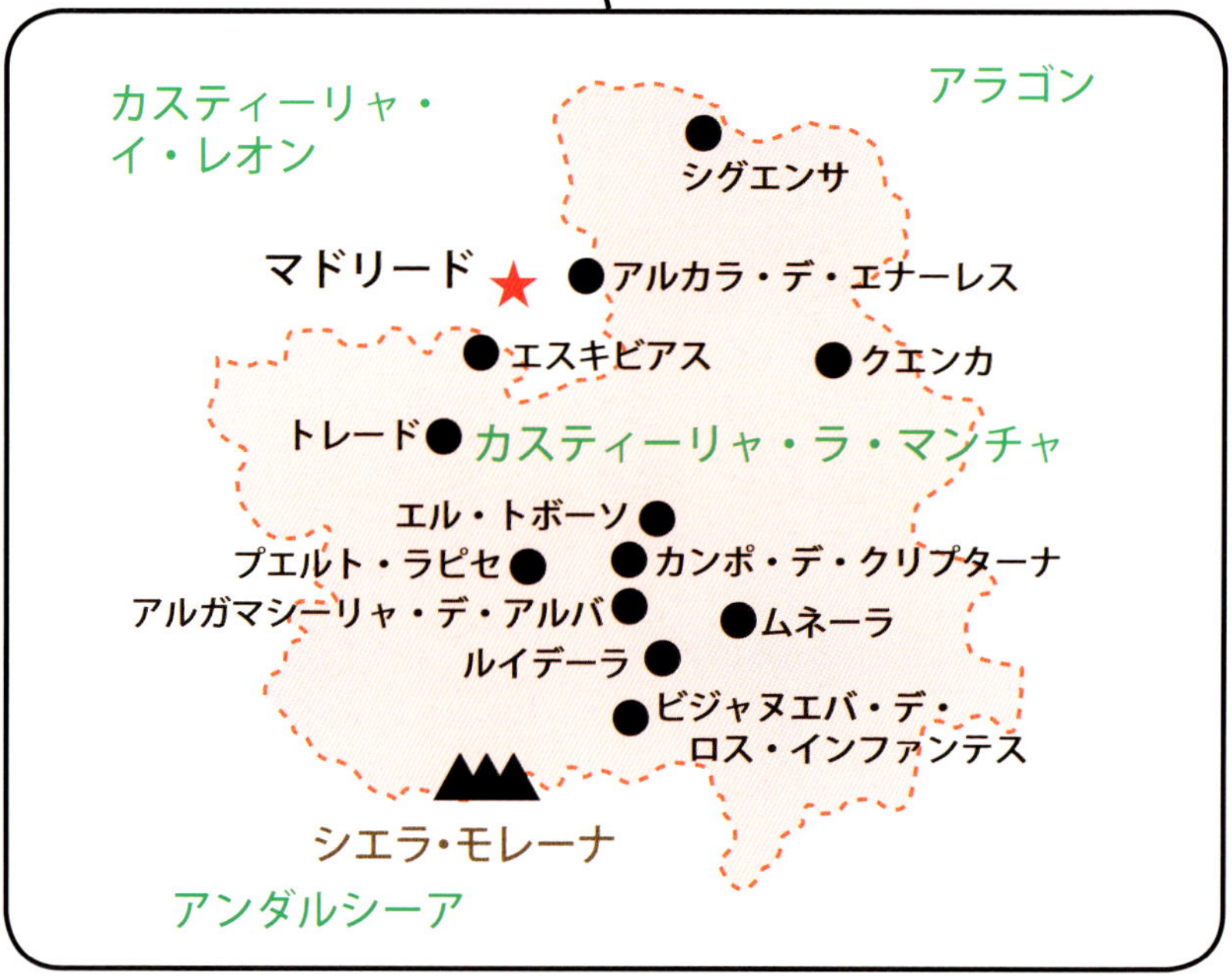

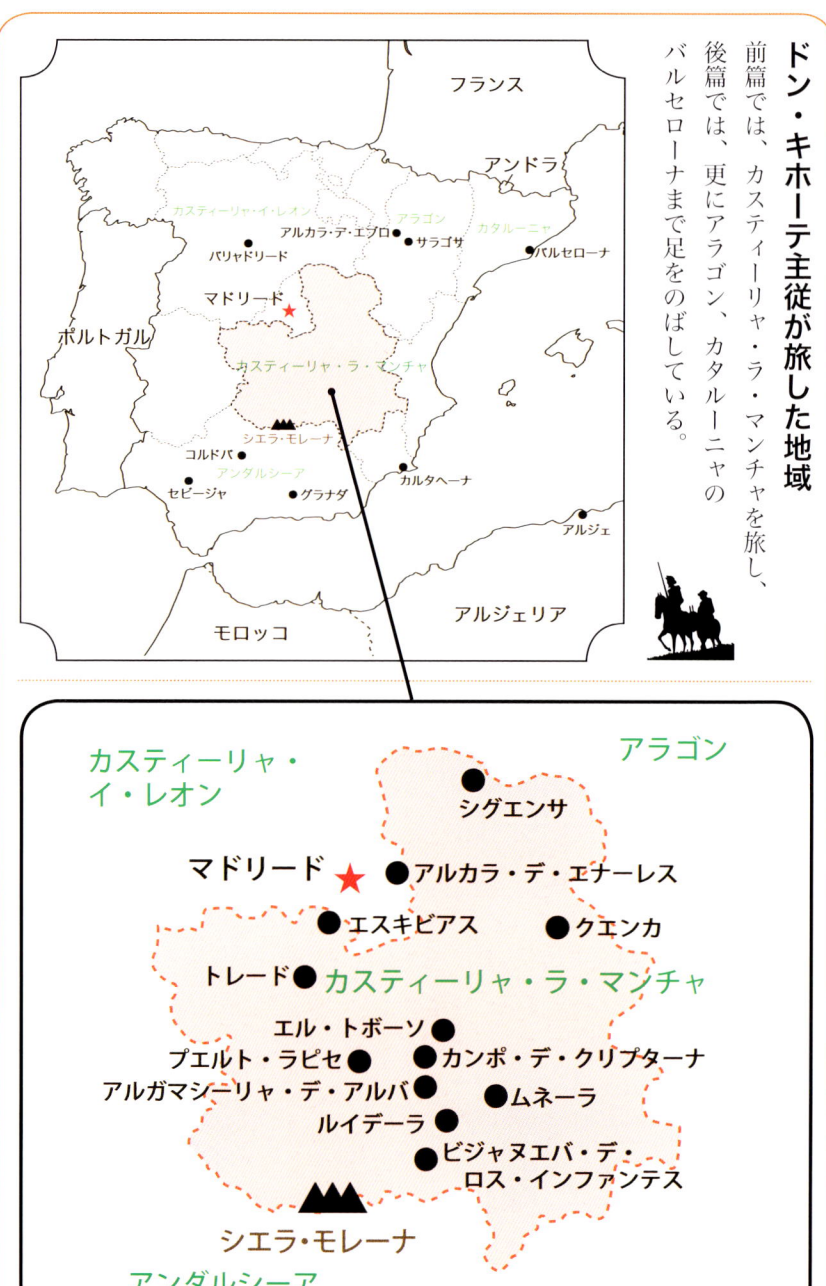

Un lugar de la Mancha

第一章
「ラ・マンチャ地方のある村」の謎

それほど昔のことではない、その名は思い出せないが、ラ・マンチャ地方のある村に、槍掛けに槍をかけ、古びた盾を飾り、やせ馬と足の早い猟犬をそろえた型どおりの郷士が住んでいた。

（前篇の本文冒頭）

En un lugar de la Mancha, de cuyo nombre no quiero acordarme, no ha mucho tiempo que vivía un hidalgo de los de lanza en astillero, adarga antigua, rocín flaco y galgo corredor.

世界的ベストセラー小説『ドン・キホーテ』は、こんなふうに始まる。

「それほど昔のことではない、その名は思い出せないが、ラ・マンチャ地方のある村に――」

余りの長編のため、全部読んだ人は一割にも満たないといわれるスペインの人々ですら、誰もが知っている一節だ。主人公アロンソ・キハーノ、後にドン・キホーテと名乗る男の紹介シーン。

この一見何気ない出だしには、大勢の人を悩ませてきた謎が、ふたつある。

●ふたつの謎

ひとつは、現在「その名は思い出せない」と訳されている de cuyo nombre no quiero acordarme という表現についてだ。かつての日本語版『ドン・キホーテ』は大抵、「～したい」という意味の動詞 querer（原文では quiero と一人称単数形に活用している）を普通に解釈し、「その名は思い出したくない」と訳していた。そのため、多くの人が長い間、どうしてセルバンテスは「その名は思い出したくない」のかを探っていた。

ところが後に、その言い回しは、「昔むかし、あるところに」のような、いわゆる伝統的な物語の形式を借りたもので、querer が使われていても、結局は「思い出せない」という程度の意味しかないのではないか、という解釈が出てきた。本書で引用している原文の訳者・牛島氏が採用した考え方だ。そして今では、「その名は思い出せない」という訳が定着している。

とはいえ、実は「その名は思い出せない」という意味の伝統的な言い回しなら、もっとほかにある、という主張も存在する。セルバンテスと同時代の文章の中に登場する「その名は思い出せない」という表現は、ほぼ一様に、「その名は(cuyo nombre)」の後の部分で querer を使わず、素直に「思い出せない」と訳せる acordarse などの動詞だけを用いているというのだ。

ならばセルバンテスはなぜ、わざわざ querer を入れたのだろう?

それは恐らく彼が、慣例とされている表現にひと捻り加えて、これから始まる物語の特殊性を、読者にさりげなく伝えようと考えたからではないだろうか? 奇想天外でユーモアに溢れる騎士の物語が、単純な娯楽の種だけではなく、様々な新しい表現法や風刺、社会批判を裏に秘めている、捻りの利いた作品であることを、最初にほのめかしておきたかったのだ。

もうひとつの謎は、作者が特定しなかったドン・キホーテの故郷の村は「本当はどこなのか」ということだ。ラ・マンチャ地方の村々がこぞって名乗りをあげたが、これまではアルガマシーリャ・デ・アルバ（Argamasilla de Alba）という小さな町が本命だと思われていた。

というのも、『ドン・キホーテ』前篇の最後に、「アルガマシーリャの学士院会員たち」がドン・キホーテやサンチョ・パンサ、ドゥルシネーアの墓に言葉を捧げた、と書かれているからだ。

執筆活動だけでは家族を養えなかったセルバンテスは、十数年間、「スペイン無敵艦隊」の食糧徴発係や徴税吏として各地を旅し、途中金銭トラブルなどで投獄された経歴がある。そのため、アルガマシーリャの人たちは、セルバンテスはきっと仕事でアルガマシーリャを訪れ、問題に巻き込まれて投獄されたことがあり、そこで『ドン・キホーテ』を構想したのではないか、と考えた。

（実際には、セビージャにおいてである可能性が高い）しかも、町の同時代の住民の中には、狂人じみた言動で知られる郷士がいたといわれ、彼が聖母に救いを求める姿を描いた絵が教会に飾られているので、きっとドン・キホーテのモデルにしたに違いない、というわけだ。それが伝説となり、町には「セルバンテスがいた牢獄」まで再現されている。

ところが、前篇出版四百年を目前にした二〇〇四年十二月、スペインの最高学府といわれるマドリード・コンプルテンセ大学の教授を中心とする学者九人のグループが、二年以上かけて内容を科学的に分析した結果として、新説を打ち出した。「ラ・マンチャ地方のある村」は、アルガマシーリャよりもずっと南にあるビジャヌエバ・デ・ロス・インファンテス（Villanueva de Los Infantes）だと発表したのだ。

研究チームのリーダー、社会科学専門のフランシスコ・パーラ教授は、結論にかなりの自信を持っている。話に出てくる場所、ドン・キホーテの愛馬・ロシナンテの歩く速度、登場人物の会話内容、セルバンテスの時代の地図など、複数の要素を基に浮かび上がる条件を、候補と

「セルバンテスがいた牢獄」（アルガマシーリャ・デ・アルバ）

なる町や村、計二十六ヶ所に当てはめて、最も一致したのが、この町だからだ。

パーラ教授は説明する。

「決め手となったのは、前篇第二十九章のシエラ・モレーナ山中（ラ・マンチャ地方とアンダルシーア地方の境にある山脈）の場面で、ドン・キホーテと同郷の司祭が、そこから東の港町カルタヘーナへ向かうには、故郷の村を通らねばならない、ということです」

つまり、分析に基づいて描き出すことができるドン・キホーテの旅のルート上の町や村から、物語の記述通りの方向と距離に位置し、かつ当時のカルタヘーナへの街道沿いにある町は、ビジャヌエバしかないという。

●賑わう「故郷の村」

社会科学、政治科学、文献学、歴史学、地理学、数学という、実に多様な学問のトップクラスの学者九人が休日返上で取り組んだ研究成果は、大学の出版局から約三百ページの本として発表された。

スペイン人の中には、「ドン・キホーテは架空の人物なのに、その出身地を探すなんて、ばかげている」と笑う人もいる。「そもそもセルバンテスがわざと特定しなかったものを特定しようとするなんて、とんでもない」という声も。セルバンテスは結局、主人公の村の名を最後まではっきりと書かなかったからだ。その理由については後篇の最終章で、こう述べている。

「ちょうどギリシャの七つの都市がホメロスをめぐってたがいに争ったように、ラ・マンチャのすべての町や村が、この郷士をわが息子に、自分たちのものにしようとして争うがままにしておきたかったからである。」

いずれにしても、人々の嘲笑にもめげず、「ある村の謎」を大まじめに研究し議論した先生方は、「ドン・キホーテ的」に偉大だ。

「ドン・キホーテの故郷の村」に指名されたビジャヌエバには、それ以来、たくさんの観光客が訪れるようになった。名誉ある指名に預かった二〇〇五年には、最初の三か月で前年の総観光客数（約四万人）を超えてしまったという。

「私も今、作品を読み直しているところです。ここがドン・キホーテの故郷だと想像し、セルバンテスと同じ風景を見ていると思って読むと、新たな感慨が湧きます。実際

NOVA
DOCKERS

にこの町は今も、四百年前と同じ建物を数多く残していますしね」

町を訪れた私たちを迎えてくれた市長は、市長室の椅子に座ってうれしそうに話してくれた。

「主従の会話こそが、作品の最大の宝だと思います。ドン・キホーテがサンチョに与える人生の教訓や、サンチョが〝島〟を統治する懸命なやり方などは、町の行政にとても役立ちます」と、本を片手に微笑む。

彼が手にしている本は、話の舞台となっているカスティーリャ・ラ・マンチャ州が中心になり、二〇〇五年、『ドン・キホーテ』一冊を一ユーロ（約一三五円）でというキャンペーンのために出版したものだ。ペーパーバックとはいえ、七百ページを超える本をカフェテリアのコーヒー一杯と変わらない値段にしたのは、「故郷の宝」をひとりでも多くの人に読んでもらおうというラ・マンチャ人の心意気か。

●狂気の旅は始まる

ラ・マンチャ地方の南部、ドン・キホーテが再三旅をしたモンティエル平原の中心地であるビジャヌエバは、ルネサンスやバロック、古典主義の香り漂う建物と十六、十七世紀の風情を残す美しい町だ。ドン・キホーテがサンチョ・パンサと共に通る姿を想像しながら歩くと、中世の住人気分になれる。

中央広場には、〇五年に作られた「（市長さん曰く）誰でも隣に立つことができる、等身大の」ドン・キホーテとサンチョの像が立つ。今ではそこが、観光で町を訪れた人たちの、記念撮影スポットだ。先生に引率された高校生の一団も、像を見るなり駆け寄って、写真を撮り始めた。すっくと立つ騎士ドン・キホーテではなく、チビで太っちょの従士サンチョ・パンサの横でうれしそうにポーズをとる子が多かったのが、印象的だった。

いざ、私たちも世界一有名な騎士にならって町を出発し、夏のモンティエル平原へと歩を進めよう。と、いきなり、

「かんかん照りのひどい暑さになったので、よしんば彼にいくらか脳味噌が残っていたとしても、溶けてしまうに違いないと思われるほどであった」（前篇第二章）

という状態になってしまう。気温が四十度を超えることも多いラ・マンチャ地方の夏の真っ昼間に平原を歩くと、

とにかく暑いのだ。

今でこそ、一面に広がるオリーブやぶどうの畑に出会えるが、セルバンテスの時代には農業よりも、輸出需要が高かった羊毛をとるための羊の牧畜が、奨励されていた。だから農村は疲弊し、この辺りは牧草地ばかりで、それ以外はこの小説にもよく登場する樫やコルク樫の木が所々に見られるだけの原野だったに違いない。軒下で涼める建物や木陰を提供してくれる森はほとんどなかっただろう。ロマンチックで華麗であるはずの騎士道物語には、似合わない舞台だ。

五十歳になるやつれた騎士は甲冑に身を包み、この寂しく厳しい大地を、やせ馬にまたがり古びた盾と槍を手に、中世の騎士道物語に出てきたような冒険と巡り会うことを信じて進んだ。おかげで四百年以上の間、その旅物語の読者である無数の人々は、彼の狂気と教えに驚き、笑い、うなることになった。私たちも、これからその「驚き、笑い、うなる」人々の仲間入りをしよう。

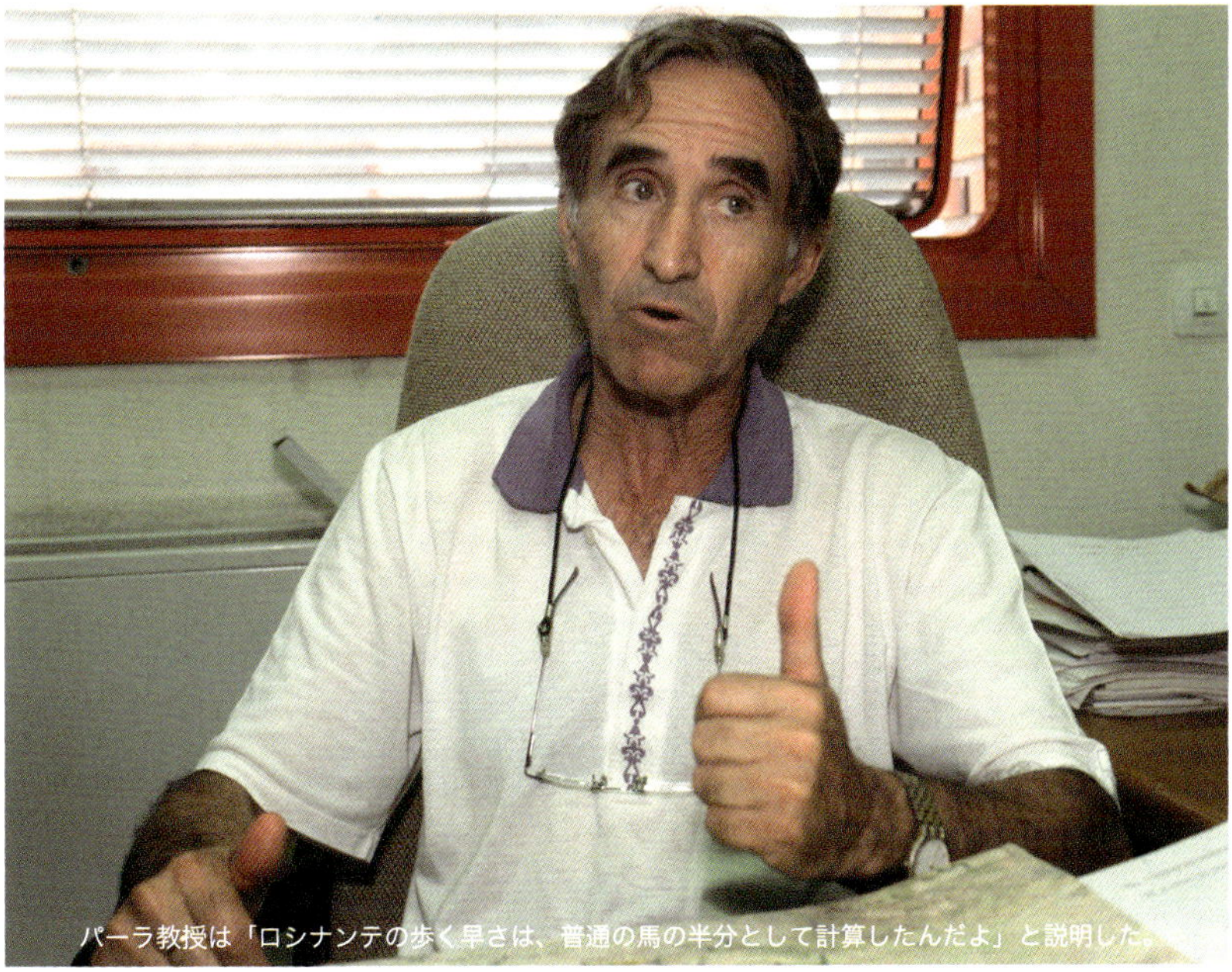

パーラ教授は「ロシナンテの歩く早さは、普通の馬の半分として計算したんだよ」と説明した。

アロンソ・キハーノは
騎士ドン・キホーテになることにした。
(アルガマシーリャ・デ・アルバ)

第二章 遍歴の騎士の条件

「拙者みずからについては、遍歴の騎士になってからというもの、自分が勇敢で慎み深い、寛大で育ちのよい、気前がよくて礼儀正しい、大胆不敵にして穏やかな、辛抱強い、そして艱難にも束縛にも魔法にも耐え得る人間になったと申し上げることができますよ」

（前篇第五十章）

-De mí sé decir que, después que soy caballero andante, soy valiente, comedido, liberal, bien criado, generoso, cortés, atrevido, blando, paciente, sufridor de trabajos, de prisiones, de encantos.

「大都エル・トボーソ」

主人公のドン・キホーテなる人物は、小説の冒頭にあるように、そもそもラ・マンチャの田舎に暮らすアロンソ・キハーノ（Alonso Quijano）という普通の郷士（爵位を持たない貴族で小領主。騎士より下位の階級）に過ぎない。ところが彼は、本来の仕事である狩りや田畑の管理を忘れて騎士道物語を読みふけり、ついに自らを遍歴の騎士に任じて、世の不正を取り除く戦いをする決意をしてしまった。そして、「騎士」に必要な条件を、自ら整えていく…。

自分の持つやせ馬には、騎士の愛馬にふさわしい立派な名をと考えた末に、「ロシナンテ（Rocinante）」と名付けた。以前（antes）は駄馬（Rocín）だったが、今はその中で一番先に（antes）立つ素晴らしい馬になったというわけだ。すなわち Rocín-antes 転じて Rocinante！

一方、自分は相当身分の高い人にしか使われなかった敬称ドン（Don）をつけた「ドン・キホーテ」を名乗ることに。キホーテは、本姓 Quijano の最初の四文字 Quij に、ちょっと滑稽味を加える時に使われる接尾辞 ote をつけたもの。また「鎧の腿当て」の意味もある。これぞセルバンテスのユーモアだろう。更に、名乗る時はそのうしろに、「デ・ラ・マンチャ（de la Mancha ラ・マンチャの）」とつく。騎士道物語の英雄は皆、名前のうしろに出身地名をつけていたからだ。

●思い姫の正体

ドン・キホーテは、曾祖父の甲冑を自分で磨き、自分なりに修理して、一通りの準備が整うと、もう一つ、大切な作業にとりかかった。騎士が冒険に立ち向かう時に庇護を請い、すべてを捧げる美しい「思い姫」＝「ドゥルシネーア・デル・トボーソ（Dulcinea del Toboso トボーソ村のドゥルシネーア）」を生みだしたのだ。

セルバンテスは言う。

「およそ愛する婦人をもたない遍歴の騎士など、葉や実のない樹木か魂のない肉体に等しかったからである。」

（前篇第一章）

旅の途中で出会った男に、遍歴の騎士すべてに思い姫がいたとは思えない、と言われた時も、ドン・キホーテはこう反論する。

「思い姫をもたない遍歴の騎士など存在するはずがない

と言うべきであろう。なんとなれば、そうした騎士たちが恋をしていることは、ちょうど空に星があるのと同じように、当然でもあれば似つかわしくもあるからで…」

恋をしていない騎士は、「庶出のあやしげな騎士」だとまで言う。

小説の中で「思い姫」の正体は、ドン・キホーテの故郷からさほど遠くない村、エル・トボーソ（El Toboso）出身のアルドンサ・ロレンソという、見目麗しい田舎娘ということになっている。ドン・キホーテ、つまりアロンソ・キハーノは一時、その娘に思いを寄せていたということだ。

もっとも、騎士となったドン・キホーテが人に語るドゥルシネーア姫は、田舎娘などではなく、れっきとした貴族出身の姫君で、絶世の美女。「その髪は黄金、額は至福の楽園、眉は弧をなす虹、両の目は輝く太陽、両の頬はバラの花、唇は珊瑚、歯は真珠…」とまあ、すごい。そんな姿・身分の思い姫に、彼は実際には会ったことがないのだが。

マドリードの南東約百二十キロにある、現在人口二千人ほどの小さな町エル・トボーソ。ここには、この「思い姫」のモデルになったと考えられている女性が住んでいた屋敷が再建され、「ドゥルシネーア博物館」として公開されている。屋敷には、セルバンテスの時代、アナ・マルティネス・サルコ・デ・モラーレスという美しい婦人が、兄と暮らしていた。セルバンテスは、仕事でこの町を訪れ、彼女のことを知り、憧れを抱いたことから、「愛らしいアナ（Dulce Ana）」転じて「ドゥルシネーア（Dulcinea）」と思い姫を名付けたのではないかと考えられている。

とはいえ、ドン・キホーテ研究者の中には、名前の由来はともかく、「思い姫」のモデルはセルバンテスの十八歳年下の妻カタリーナだ、という人もいる。作家自身の証言がないため、本当のところはわからないが、エル・トボーソの「ドゥルシネーア博物館」に入ると「姫」と慕われるにふさわしい当時の貴婦人の生活を感じることができることだけは、確かだ。

●騎士に叙任される

何とか騎士としての格好はついてきた。とはいうものの、問題は「正式に騎士に叙任されていない」ことだ。

そう気づいたドン・キホーテは、ひとりで出た第一回目の旅先において、「城」と勘違いした「宿屋」で、誤った騎士の叙任式を行ってしまう。

宵闇が迫るころ、ドン・キホーテはある宿屋についた。しかし彼は、ちょうど聞こえた豚飼いの角笛を、騎士の到着を知らせるラッパだと思い、戸口に立つ「自堕落な生活をおくる二人の女」（娼婦たち）を城門の前で憩う美しい「姫君」と、さらには「宿屋の亭主」を「城主」と思い込んで、「礼拝堂」ならぬ「宿の中庭」で、「城主」に「叙任」してもらうのだ。

騎士は本来、正式な儀式を通して叙任されてこそ、真の騎士になれる。十三世紀スペインのアルフォンソ十世が編纂した法律書には、一度でも作法の間違った叙任式で騎士の位階を受けてしまうと、決して本物の騎士にはなれないと書かれている。だのにドン・キホーテは、そんな決まりだとは気づかぬまま、本当の叙任式をした気になってしまった。本人は儀式を行えたことに大満足するが、これが彼の運命を決定づけることとなる。つまり、彼は一生「正真正銘のニセ騎士」でいることになったのだ。

とはいえ、自身はもちろん本物だと信じきっているものだから、後々に至るまで、こんなセリフを大まじめに語る。

「拙者みずからについては、遍歴の騎士になってからというもの、自分が勇敢で慎み深い、寛大で育ちのよい、気前がよくて礼儀正しい、大胆不敵にして穏やかな、辛抱強い、そして艱難にも束縛にも魔法にも耐え得る人間になったと申し上げることができますよ」（前篇第五十章）

そして、崇高な騎士として生きるうちに、ある意味、本当にそのような人物になっていく。

マドリードから、アンダルシーアへ向かう国道四号線を車で一時間ばかり走ると、プエルト・ラピセ（Puerto Lápice）という町がある。そこには、ドン・キホーテが騎士の叙任式を行った宿屋を再現したレストラン「ベンタ・デル・キホーテ（Venta del Quijote キホーテの宿屋）」があり、日本人を含む大勢の観光客が訪れて、中庭にあるドン・キホーテ像と一緒に記念写真を撮る。

ドン・キホーテはこうして、ニセの城でニセの儀式を行い、ニセの騎士になるわけだが、ラ・マンチャの人々

騎士になるために甲冑の番をするドン・キホーテ（プエルト・ラピセ）

もまた、架空の話であることからすれば存在するはずのない「叙任式の宿屋」を作り、誇りにしている。ニセモノも皆がホンモノと信じれば、いつしか真実となる…。

●従士を持つ

ところで、「騎士の叙任式」を取り仕切った宿屋の亭主は、ドン・キホーテの狂気を確信し、めいっぱいからかって楽しんでやろうと調子を合わせただけなのだが、彼は叙任式を引き受けた以外にもうひとつ、この物語にとって重要な役割を担う。「騎士には従士が付き物だ」と、ドン・キホーテに忠告するのだ。

彼は説く。「いにしえの騎士たちは、自分の従士にお金、および傷の治療のための膏薬や包帯用の布切れといった必需品を用意させるのを当然のことと考えていたのだ」と。

亭主の言葉をまともに受け止めたドン・キホーテは、一旦家へ帰って、「必需品」を用意し、ついでに従士もひとり雇おうと決心する。結果、物語のもうひとりの主人公、従士サンチョ・パンサが誕生することになったのだ。

サンチョは、騎士と同じ村に住む、妻子持ちの貧しい農夫。作者は彼を紹介する最初の文で、こう述べている。「ドン・キホーテは近所に住む農夫で、善良な人間（もっとも、この称号が貧乏人にも適用しうるものとして）だが、ちょっとばかり脳味噌の足りない男を口説いて、旅に連れ出そうとしていた。」（前篇第七章）

この男、ただの農夫ではなく、稀な想像力の持ち主だといえる。騎士が戦いで手に入れる領地の中から島をひとつ与えようと約束すると、本気で信じ、喜んでつき従うのだから。農夫はついに妻と子どもを放ったらかしにして、別れも告げずに近所の郷士の従士となって、ある夜こっそりと旅に出る。

「ねえ、遍歴の騎士の旦那様、おいらに約束しなさった島のこと、どうか忘れねえでくだせえよ。おいらは、どれほどでかい島でもちゃんと治めてみせるだからね」（前篇第七章）

そんな調子でワクワクしながら、自分の飼っている「なかなか性質のよい驢馬」に乗り、ぶどう酒の入った袋と振り分け袋（アルフォルハ alforja と呼ばれるバッグ。掛け紐の両側に袋がついている）を携えて出立する。

サンチョの姿は、町で見かけるドン・キホーテ像、土産物の人形、Tシャツの柄、あらゆるものにおいて、主人の傍らにある。主人を盛り立て、時に諭し、また彼に叱られながら旅を続ける従士は、騎士の良き女房役。やがて彼無くしては騎士の活躍自体が成り立たないほど、深い絆で結ばれていく。騎士の冒険は、この従士の参加によって、豊かさを増していくのだ。

「旦那様、おいらにはどうも、ここのところたてつづけにわしらを見舞っている災難は、お前様が騎士道の掟に背きなすったせいに思えてならねえだ」

冒険に挑んだ末に散々な目にばかり遭う主人を見たサンチョが、そう話しかけると、主人は「お前の言うことは至極もっともじゃ、サンチョ」などと言って、反省を始める。この絶妙のやりとりが、物語に心地よいリズムを与える。

本物の遍歴の騎士になるための条件は何であるかはともかくとして、ドン・キホーテが読者を引きつける魅力的な騎士であるためには、ドゥルシネーア姫とサンチョ・パンサこそ、なくてはならない最大の条件だ。ふたりの存在に支えられて、騎士は幾多の冒険へと立ち向かっていく。

朝まだ涼しいモンティエルの野を、従士と共に進むドン・キホーテは、ひとりで旅立った時よりもずっと楽観的な気分に浸っている。

「知っておくがよいぞ、友のサンチョ・パンサ。（中略）遍歴の騎士にはさまざまなことやさまざまな状況が、かつて見たこともなければ、思ったこともないような具合に降ってわくものだから、お前にも約束した以上のものを、苦もなく与えられそうな気がするのじゃ」（前篇第七章）

果たしてこの予感は、現実となるのだろうか。

「ベンタ・デル・キホーテ」（プエルト・ラピセ）

NOVA
DOCKERS

★『機知に富んだ郷士（騎士）ドン・キホーテ・デ・ラ・マンチャ』とは？
"El Ingenioso Hidalgo don Quijote de la Mancha"

おしゃべり小説

　中世の騎士道物語を読み過ぎたために、自分をホンモノの騎士だと思い込み、正義のための冒険を求めて遍歴の旅に出る初老の男、ドン・キホーテ。その奇想天外な生き様を描く小説『機知に富んだ郷士（騎士）ドン・キホーテ・デ・ラ・マンチャ』は、その名の通り独自の才知を持つドン・キホーテが、これまた独特な知恵を発揮する農民のサンチョ・パンサとふたりで、旅をしながらしゃべりまくる物語だ。主な登場人物は皆、かなりのおしゃべり好き。冒険の旅を描いているはずなのに、アクションよりもセリフや会話のほうが圧倒的に多い。

　その講談調のセリフと落語のようにテンポのいい会話の中には、たくさんの人生の教訓が隠されている。作者セルバンテスは、ドン・キホーテを自分の分身として愛し、この騎士の言動と、その従士で旅の友であるサンチョ・パンサと彼の対話、またそのほかの登場人物の会話の中に、自らが持つユーモアとウイットをできる限り注ぎ込んでいる。その妙が、この作品をベストセラーにしたのだろう。

　とはいえ、この小説は、時代によってかなり違った評価を受けてきた。一般に、作品が書かれたのと同時代の人々は、それを滑稽な話として楽しみ、大笑いしたという。が、いわゆる文学のプロたちには軽薄な本と見られていたようだ。

　十八世紀になると、今度はセルバンテスの作法を手本に書かれた小説が出てくる。つまり、文人からも高く評価されるようになったということだ。といっても、それは「風刺小説」としての評価だった。

　十八世紀も後半になってようやく、スペイン人自身も、『ドン・キホーテ』を真の傑作とみなすようになる。一七八〇年に王立アカデミーが豪華本を出版し、学校でも散文の規範として採用されるようになり、お上のお墨付きが与えられたからだ。

　そして十九世紀には、ドイツ・ロマン派の文人や哲学者の新しい解釈をきっかけに、この小説を論じる者は皆、ドン・キホーテ主従の中に、人間精神の複雑さが生み出す皮肉や悲哀を見いだし、ドン・キホーテを単に「滑稽な騎士」ではなく、「崇高な理想を求めて戦う悲劇の主人公」として捉えるようになる。

機知を愛したセルバンテス

ところでセルバンテスはなぜ、「機知に富んだ」という形容詞を、主人公ドン・キホーテ・デ・ラ・マンチャ（ラ・マンチャ出身のドン・キホーテ）につけたのだろう。

「おもしろいことを言ったり、しゃれたことを書いたりするのは大変な機知を要することです。芝居でいちばん才能のいる役柄は道化ですが、それというのも、観客に馬鹿と思われようとする者が本当に馬鹿者であっては具合が悪いからです」（後篇第三章）

これは時に自分が「道化」となるドン・キホーテのセリフだが、セルバンテス自身、機知に富んだ人間であることと、機知を生かした作品を書くことに、大きな意義を感じていたようだ。

1ユーロの『ドン・キホーテ』

『ドン・キホーテ』の中には、「機知」という単語が五十六回、「機知に富んだ」という形容詞が九回出てくるというが、それもこだわりの表れだろう。作家の機知を受け継いだ主人公ドン・キホーテは、郷士アロンソ・キハーノと騎士ドン・キホーテというふたりの自分を、機知によってひとつとし、自在に生きる。

ちなみに作品のタイトルは、前篇と後篇で、一カ所異なる。前篇では「機知に富んだ郷士」なのが、後篇では「郷士」が「騎士」に変わっている点だ。そもそも「ドン・キホーテ」は、郷士アロンソ・キハーノが騎士となった時の名前であるから、本当は前篇のタイトルはおかしいのだが、この辺りにも「ふたり」が融合していく感じが出ている。

セルバンテスは後篇を出版した翌年の一六一六年四月、病に倒れて重体に陥り、最後の作品『ペルシーレスとシヒスムンダの苦難』の序文を、姪に口述筆記させた。その中で、遺言ともとれるこんな言葉を残している。

「機知よさらば、洒落よさらば、愉快な友よさらば、私はいま息をひきとるところだ。じゃあ、またすぐに、あの世で君たちの満足げな顔を見るのを楽しみにしているよ」

　「機知」と訳されているのは、この場合、『ドン・キホーテ』のタイトルに使われている ingenioso の名詞形ではなく、一般には「ありがとう」と訳される名詞 gracias だ。が、訳者の牛島氏は、「さらば、ありがとう」としては意味をなさない一文を、「機知よ、さらば」とすることで、作家の意図を汲んだものにした。つまり、セルバンテスがこの「遺言」で、自らの人生で最も大切にしていたものを並べた、ということを示したのだ。

ユーモアとウイットに長けた作家は、「気の利いたこと」「才能」も意味する gracias という単語に、友人・知人への感謝と機知との別れ、両方をかけたのではないだろうか。
　スペイン人は、おもしろみのない、機知に欠けた人やことを「gracia がない」という言い回しで表現し、おもしろみがある時は、「gracia がある」と言う。逆説的な表現の場合もあるが、とにかく物事や人物について、gracia を基準に判断を下すのが好きだ。
　私たちは、そんなスペイン人気質と作家の思いを踏まえて、機知に富んだ騎士の物語を、心ゆくまで楽しむことにしよう。

AGUILA

「兄弟のサンチョよ」と、町を遠望しながらドン・キホーテが言った、「あそこでならわれわれは、世間で冒険と呼ばれているものに、それこそ肘までもどっぷりと手を染めることができようて」

（前篇第八章）

-Aquí- dijo en viéndole don Quijote- podemos, hermano Sancho Panza, meter las manos hasta los codos en esto que llaman aventuras.

遍歴の騎士は、常に自分の腕力を試すにふさわしい相手に出くわし、冒険を重ねるものだ。ドン・キホーテの脳裏には、いつもそんな思いが渦巻いている。この小説の目次にも、「冒険」という文字が目につく。冒険こそが騎士の本業。冒険に出会ってなんぼ、なのだ。

往来が激しく、冒険に巡り会えそうな場所だと期待するプエルト・ラピセ（Puerto Lápice）を遠望してのドン・キホーテの言葉は、彼がどれほど冒険を渇望しているかをよく表している。そこへ行けば、「世間で冒険と呼ばれているものに、それこそ肘までもどっぷりと手を染めることができようて」（前篇第八章）などと、勇んでいるのだから。

当時のプエルト・ラピセは、東西南北の町々を結ぶ街道の中継地点で、多くの人が行き交い、宿が立ち並ぶ地域だったので、冒険には打ってつけに見えたのだろう。

本人の期待通り、狂気の騎士の行く先々には次々と冒険が起きる。いや、彼が引き起こしていると言った方がいいかもしれない。何せ宿屋を「城」と信じ、宿の女将や娘、女中を「姫君」や「ご婦人方」と呼び、修道士に至っては「妖術師」だと決めつけて行動するのだから、とんでもないことになるのも当然だ。

●風車の冒険

ドン・キホーテの冒険の中で一番有名なのは、恐らく「風車の冒険（前篇第八章）」だろう。スペインの子どもたちは、『ドン・キホーテ』全部を読んだことはなくても、この冒険だけは絵本やアニメなどで知っている。

騎士として遍歴の旅に出たドン・キホーテは、騎士道物語に登場する騎士たちのように、数々の冒険を戦い抜くことで世の悪を退治し、神に奉仕しようと考える。また、戦果を思い姫・ドゥルシネーアに捧げ、従士と共に立派な身分になることを目指す。そこでサンチョ・パンサを従え、出た最初の旅で出くわしたのが、この「みにくい巨人（風車）」との戦いだった。

「友のサンチョよ、どうやら運命の女神は、われわれが望んでいたよりもはるかに順調に事を運んでくださるとみえるぞ。ほら、あそこを見るがよい。三十かそこらの途方もなく醜怪な巨人どもが姿を現したではないか」

行く手に並ぶ粉引き用の風車を巨人だと勘違いしたド

ン・キホーテは、すぐに突撃の構えをみせる。が、従士サンチョは、

「あそこに見えるのは巨人なんかじゃねえだ。ただの風車で、腕と見えるのはその翼。ほら、風にまわされて石臼を動かす、あの風車ですよ」

と、主人を諭す。にもかかわらず、騎士は従士の言葉を無視し、愛馬ロシナンテにまたがって、全速力で「巨人」に向かって走り出す。

と、そこへ突然、強い風が吹き、風車の翼を勢いよくまわしたから、たまらない。ドン・キホーテは槍を折られ、ロシナンテ共々跳ね飛ばされて、野原に打ちつけられ、動けなくなってしまった。

慌てて駆け寄るサンチョ。主人のあり得ない行動を、思わずこう表現した。

「頭のなかを風車がガラガラ回っているような人間でもねえかぎり、（風車を巨人とは）間違えようのねえことだによ」

ところがひどい目にあってなお、騎士は風車が巨人だという考えを改めようとはしない。物語の中で幾度となく語られるように、騎士道物語では定番の「魔法使いの仕業で」巨人が風車の姿に変えられた、と主張するのだ。

「（魔法使いが）わしに対して抱いている敵意からしたら、ごくあたりまえのことよ。しかし、奴がいかにあくどい魔術を使おうとも、最後の最後には、わしの正義の剣の前に屈することになろうて」

『ドン・キホーテ』愛読者たちに、この「風車の冒険」について聞くと、その多くが、セルバンテスは風車を「理不尽な権力者たち」の象徴としての「巨人」に見立て、騎士と戦わせたに違いないと言う。当時スペインは、「新大陸」を支配し、無敵艦隊を誇った「陽の沈まない帝国」から、権力者たちの悪政と浪費により、「破産国家」へと没落する道をたどっていた。庶民は、重い税を課せられ、貧窮生活を強いられていく。作家は、ドン・キホーテの世直し冒険の中で、当時の権力者の無謀で堕落した政治や、庶民を省みない姿勢を批判するために、騎士と「彼ら」を戦わせ、正義を信じる者は黙ってはいない、ということを訴えたかったのかもしれない。

「巨人」たちは、今もラ・マンチャのあちらこちらにいる。中でもコンスエグラ（Consuegra）とカンポ・デ・クリプターナ（Campo de Criptana）の風車は有名だ。

もう粉ひき仕事をすることのない風車たちは、町と人々の暮らしを見守るかのように、丘の上に静かにそびえ立つ。

カンポ・デ・クリプターナには、セルバンテスの時代、三十四基の風車があったという。現在は、修復されたものが十基、壊れたままのものが三基ある。町では年中行事などに合わせ、一基を実際に動かすイベントを開催している。

セルバンテスの命日を記念して様々な催しが行われる「セルバンテス週間」（四月後半）に町を訪れると、風車復活イベントが行われていた。風車のひとつに帆が張られ、風を受けて粉を挽く姿が再現されたのだ。企画・実施者は、町の「郷士たち」（普通のおじさんたちだが）がつくる「粉ひき風車の友の会」。

「巨人の長い腕」と間違われた風車の翼、普段は軸と帆を張る骨組みだけのそれに男たちがよじ登り、手作業で白い帆を張っていく。帆を張り終えると、粉ひき小屋内部にある風向き回転軸を動かして、帆が風を受けるよう翼の向きを調整。男二人が翼を押し、勢いをつけてまわし始める。そこへ風が吹きつけ、回転力が増していく――

はずなのだが、最初はうまく風を受けてまわり始めたと思っても、すぐに止まってしまう。止まった翼を再び押しながら、おじさんが愚痴った。

「昔はずっと帆が張ってあったから、自然にまわっていたんだろう。けれど、今日みたいに皆が見物するためだけに帆を張ると、まさに今この時まわっていただくのは、至難の業だ」

そうこうするうちに、何とか止まらずに動き出した。と、そこへタイミング良く、大勢の観光客が到着。町の人たちも見物に集まってきた。もっとも、住民のお目当ては風車よりも、「粉ひき風車の友の会」のおじさんたちが作るお酒「スーラ（Zurra）」のようだ。

スーラは、地元のワイナリーで作られる白ワインに、砂糖とレモンの皮と汁、炭酸水を加えて混ぜた飲み物。炭酸水がなかった頃は、普通の水を入れていた。リンゴや桃といった果物のスライスを加えることもある。

「昔、農民は毎週日曜日になると、仲間の家に集まって、このスーラを作り、トランプゲームを楽しみながら、アーモンドやピーナッツをつまみに酔っぱらったもんさ」

大きな土鍋に材料を流し込み、スーラを作るおじさんたちが、楽しそうに説明してくれる。その間にも、大量の白ワインが惜しげもなく注がれていく。

実はこの日、おじさんたちは大失敗をしてしまった。メンバーが用意した材料を次々と掴んでは入れ、混ぜた末に味見をしてビックリ。何と、砂糖と塩を間違えて入れてしまったのだ。（買い物をしたメンバーが買い間違えたことに、おじさんたちも気づかなかった…）

「お〜、道理でなかなか溶けないと思った！」

頭を抱えるおじさんたち。だが、そこは前向きなスペイン人、立ち直りが早い。

「まだワインはたくさんあるよなっ。じゃあ捨てちまえ、作り直しだ！」

塩入スーラ？を作るおじさんたち

こうしてでき上がったスーラは、集まってきた住民たちに振る舞われ、皆を幸せにしてくれた。サンチョのように素朴なおじさんたちと一緒に、スーラのグラス片手に風車を見上げると、ドン・キホーテが突撃する姿が見えた。

●羊の冒険

前篇に描かれている冒険でもうひとつ、騎士の故郷ラ・マンチャの今も変わらぬ日常の風景と重ねて楽しめるのが、「羊の冒険（前篇第十八章）」だ。

「おお、サンチョよ、ついに運命が拙者のためにとっておいた幸運がその姿を現す日がやってまいったぞ。（中略）ほれ、彼方に砂煙が見えるであろう。あれを巻き上げておるのは多くの国の無数の兵士たちからなる大軍で、それが今こちらに向かって進んできておるのじゃ」

互いに相対する方向からやって来る羊の大群を見たドン・キホーテは、イスラム教徒のアリファンファロン大帝とキリスト教徒のペンタポリン王、ふたりの王の軍勢が来たと思い込む。そして、「キリスト教徒の王」の軍に加勢しようと、「敵軍」＝反対側から押し寄せる羊の群れに突っ込む決意をする。両軍の設定は、騎士道物語や一四九二年カトリック両王がイスラム教徒から国土を奪還して以来のスペイン社会の空気を反映したものだろう。

　異教徒の王がキリスト教徒の王の娘に手を出したのが両軍の対立の原因だ―主人にそう聞かされたサンチョは、「おいらはこの（キリスト教徒の）王にせいいっぱい味方することにしますよ」と言う。「軍勢」が巻き上げる砂煙のせいで、羊の姿がよく見えなかったからだ。一方の主人のほうは、曇った視界の先の光景を自分に都合のいいように想像し、空想のおもむくままに「軍勢」に参加している騎士たちのことを語り始める。

　従士は、しかし、近くまで来た「軍勢」を目にして、それが「羊」だと気づくと、突撃中の主人に向かって、大声で懇願する。

「ドン・キホーテ様、どうか引き返しておくんなさい！　旦那様が攻めようとしていなさるのは、神に誓って、間違いなく羊でござりますぞ！　頼むから引き返しとくれよ！　ああ、おいらを生んだ父《とつ》さんも浮かばれねえ。こりゃまた、なんていう狂気沙汰だ」

　従士の努力もむなしく、騎士は忠告などまったく意に介さず、ムチャな戦いを挑んだ。結果は風車の時と同様に、羊に蹴散らされての大怪我。

「やれやれ、ドン・キホーテ様、やっぱりおいらの言ったとおりじゃないですか」

と、サンチョ。だが、ドン・キホーテは懲りずに、これまた「魔法使いの仕業で」大軍が羊の群れに化けたと言い張るのだ。

「いいかなサンチョ、ああいう連中にとって、ものの外見を自分たちの思いどおりに見せることなんぞ朝めし前なのじゃ。（中略）この戦いでは拙者が勝利を収めることを察知したものだから、ねたましさのあまり、敵の大軍勢を羊の群に変えてしまいおったのだ」

　やれやれ。確かに放牧の盛んなラ・マンチャの原野で出会う羊の群れは時に、乾燥した大地を何百頭ものものすごい土埃をたてて移動するので、遠くから見ると、まるで大軍勢のように見える。だが普通の人間なら、羊であれ何であれ、これに人が突っ込めばどういうことになるかくらい、すぐにわかるはずだ。それでも敢えて危険に挑むのが騎士の務め、ということか。

★「あなたとなら、パンと玉ねぎ」“Contigo, pan y cebolla.”

騎士は粗食

「ここにあるのは玉ねぎが一つとチーズが少々、それにいくつかのパンのかけらだけです。もっとも、いずれも旦那様みてえな勇敢な騎士様がお口にするような食べ物じゃありませんがね」

旅の途中、荒野の真ん中でそうつぶやくサンチョに、ドン・キホーテは言う。

「お前はまた、なんという心得違いをしておるのじゃ！（中略）ひと月くらいはものを食わずにいる、たとえ食うたにしても手近にあるもので間に合わせる、というのが遍歴の騎士の誇りなのじゃ」

遍歴の騎士は粗食、つまり少々のチーズにパンと玉ねぎ（生！）を弁当に旅をする。生の玉ねぎを食べるなんて辛い！と思うかもしれないが、スペインには実はバレンシア種という辛くない種類の玉ねぎがある。これなら丸かじりも可能だ。

この国には「あなたとなら、パンと玉ねぎ（Contigo, pan y cebolla)」という諺もあり、好きな人と一緒ならパンと玉ねぎしか食べられないような貧乏もいとわない、という意味だという。狂気の主従も、そんな仲だったのかもしれない。

「パンと玉ねぎ」をめぐっては、旅の途中でおもしろい出来事があった。ラ・マンチャの平原を地元の人と訪れた時のこと。私たちは粗食弁当を手に旅する主従の姿をイメージするために、原っぱでパンと玉ねぎの写真を撮ろうと、スーパーの袋にラ・マンチャ風の丸パンと玉ねぎを入れて持ち歩いていた。すると、地元の同行者が訝しげな顔をして、「それは何に使うのですか？」と尋ねる。写真撮影のためだと答えると、まるで千年の疑問が晴れたかのような爽やかな笑顔で、こう言った。

「そうですよね！ドン・キホーテの時代じゃあるまいし、お弁当じゃあないですよねぇ」

　狂気の主従とて、好き好んでパンと玉ねぎだけの食事をしようと思ったわけではないだろう。事実ドン・キホーテは、遍歴の騎士は粗食を誇りとすると豪語したにもかかわらず、その直後に出会った羊飼いたちに美味しそうな羊肉を勧められると、サンチョと一緒に、塊ごとガツガツ食べたのだから。

郷士のシンプルな食生活

『ドン・キホーテ』には、前・後篇合わせて五十回以上も食事の場面が描かれているという。そのせいか、『ドン・キホーテ』にまつわる料理本も、数多く出版されている。では、主人公、ドン・キホーテことアロンソ・キハーノは騎士になる前、ラ・マンチャのある村の「型どおりの郷士」だった頃は、どんな食生活を送っていたのだろう？

答えは、次の通りだ。
「羊肉よりは牛肉の多く入った煮込み、たいていの夜に出される挽き肉の玉ねぎあえ（salpicón）、金曜日のレンズ豆（lentejas）、土曜日の塩豚と卵のいためもの（duelos y quebrantos）、そして日曜日に添えられる子鳩(palomino)といったところが通常の食事で、彼の実入りの四分の三はこれで消えた。」（前篇第一章）
　このメニューの中で日本人が聞き慣れないのは、まず「挽肉の玉ねぎあえ」＝サルピコン（salpicón）だろう。その名の通り、これは塩（sal）で挽き肉（picón）を味付けし、玉ねぎ、トマト、ピーマン、パセリ、ニンニクと炒めたものだ。通常、昼食の肉の残りを使って作るから、「たいていの夜に出される」ことになる。

「レンズ豆」は文字通り、レンズのような形をした直径五ミリほどの豆の煮込みだ。一晩水に浸して戻し、玉ねぎやニンニク、香辛料で味付けしたスープで肉やチョリーソなどと煮ると、肉汁がしみ込みボリュームたっぷりの味わい深い料理になる。しかし、具を入れないと、昔マドリードに下宿していた友人が「もう食べ飽きた」とぼやいていたような、安上がりだが大味な一品となる。

「塩豚と玉子の炒め物（duelos y quebrantos）」は、シンプルな塩豚（ベーコン、ハムなどでもよい）と卵のスクランブルだが、名前が劇的だ。duelos y quebrantos、すなわち「傷心と悲嘆（損失）」。一説には、ラ・マンチャの人は飼っている羊や豚が事故などで死ぬと、塩をした干肉にして食べたので、家畜の死と飼い主の悲しみをもって、この料理が誕生したという。

「子鳩（palomino）」は日本人にはあまり馴染みのない食材だが、スペインでは特に中世にはよく食べられていたらしい。当時、郷士の家には決まって、壁を碁盤の目のように仕切った鳩小屋があった。ドゥルシネーア姫のモデルになったといわれる女性が暮らした屋敷（現ドゥルシネーア博物館）にもある。

ちなみに、これらの料理の大半は、ドン・キホーテが冒険を求めて訪れるプエルト・ラピセ（Puerto Lápice）にあるレストラン、「ベンタ・デル・キホーテ（Venta del Quijote）」で食べられる。騎士が叙任式を受けた旅籠を再現した場所だが、「旅籠」だけでなく、騎士の「味」も再現している。マドリードから国道四号線を南へ下る際は、ぜひ立ち寄って味見していただきたい。

レンズ豆の煮込み

第四章 マンブリーノの兜

「無駄な時間を省くため、余分な言葉など一切かわすこともなく、わしがいかにたやすくこの冒険に決着をつけ、待望久しい兜を手に入れるか、しかと見届けるがよいぞ」

（前篇第二十一章）

-Verás cuán sin hablar palabra,por ahorrar del tiempo, concluyo esta aventura y queda por mío el yelmo que tanto he deseado.

ところで、現在私たちが目にするドン・キホーテは大抵、変わった形の兜を頭に乗せていることに、お気づきだろうか？この兜は、ある冒険を通して得た品なのだが、騎士はそれを「モーロ人の王・マンブリーノの兜」だと思っている。「マンブリーノ」とは、とある小説の登場人物で、勇敢な騎士に殺され、兜を奪われたイスラム教徒の王だ。その兜は、被っていれば不死身でいられる魔力を持つといわれ、ドン・キホーテがずっと手に入れたいと願っていたものだった。

●床屋の災難

「ほれ、そのきらきらするのがマンブリーノの兜なのじゃ」

旅の途中、主人にそう言われ、従士は道の前方を眺めた。しかし彼の目には、ロバにまたがった床屋と金だらいしか映らない。床屋は、隣村の客の髭を剃るため、磨きたての真鍮の金だらいを手に、道を急いでいた。が、途中で雨が降り出したので、被っていた新しい帽子が濡れないように、金だらいを頭に乗せたのだった。

それなのに騎士は、たらいを自分が捜し求める王の兜だとして、手に入れるべく、槍を振りかざし、哀れな床屋に襲いかかった。

「この卑怯者、立ち合え、立ち合え、それがいやなら、理の当然として拙者に属すべき兜をこころよく渡すのじゃ」

驚いた床屋は、慌てたはずみでロバから転げ落ち、一目散に逃げ去る。そうしてまんまと「魔法の兜」を手にしたドン・キホーテは、形が少しおかしいと感じながらも、満足げに被ってみせた。

主人の姿を見たサンチョは思わず笑ってしまうが、怒られまいと、こうごまかす。

「この兜の持ち主だったモーロ人の奴は、さぞかしでかい頭をしてたんだろうと思って、つい笑っちまったんですよ。それにしても、床屋の金だらいによく似た、もうそっくり、そのままの兜でござりますな」

それを聞いた騎士は、大まじめに、王の兜の本当の価値を知らない者が半分溶かしてお金に変え、残りで新たな兜を作ったに違いない、と断言するのだった。これが、床屋にとっては災難となった「燦然たるマンブリーノの兜を奪取する冒険（前篇第二十一章）」だ。
当時の床屋の金だらいは、周囲に幅の広い縁があって、ツバ帽子のような形をしている。加えて、首をあてる部分が欠けていて、「兜」にしては、欠陥品。そんなたらいを「マンブリーノの兜」に見立てた作者は、自分の父親が仕事で使っていた、たらいを思い出したのかもしれない。

セルバンテスの父親ロドリーゴ・デ・セルバンテスは、外科医だった。が、外科医といっても、当時は床屋も行っていた「治療目的で、静脈を切って悪血を抜く（瀉血）」ことや、軽い怪我の手当をしたりする職業だった。マドリードの東にある町、アルカラ・デ・エナーレス（Alcalá de Henares）には、セルバンテスの生家が再建されており、その一階にあるロドリーゴの仕事部屋には、「マンブリーノの兜」そっくりの金だらいが置かれている。

というわけで、はなはだ迷惑な冒険を通して、ドン・キホーテは、今や世界中で知られる独自のファッションを獲得したのだった。

●「マンブリーノの兜」のドン・ホセ

この兜にまつわる話を、もうひとつ。これはドン・キホーテの冒険ではないが、彼の冒険に魅せられたある紳士のお話だ。

マドリードの友人宅でインターネットを使い、「ドン・キホーテ」に関する調べものをしていた私は、ある新聞記事の写真に目を引かれた。ABCという全国紙の地方版に載ったもので、髭面にメガネをかけて微笑む年配の男性の姿。その頭には「マンブリーノの兜」が！

兜の主（その兜は厚紙で作られたものだった）は、セルバンテスが一時暮らした、彼の妻の故郷エスキビアス（Esquivias）の「セルバンテス協会」代表を務めるホセ・ロセル・ビリャセビル氏、八十歳近いセルバンテス研究家だった。私が見たのは、彼が出版した本『アミーゴ・サンチョ（友のサンチョ）』に関するインタビュー記事だ。

その出で立ちにひかれ、また彼がラ・マンチャを中心に『ドン・キホーテ』とセルバンテスにまつわる地域を巡って書いたという本の内容に興味を持った私は、さっそくインタビュー記事を書いたABC紙トレド支局に電話してみた。と、編集長の女性がすぐに、ロセル氏の電話番号を教えてくれた。

電話をかけると、ロセル氏は親しみのある声ですぐに、

「セルバンテスの生家」Museo Casa Natal de Cervantes（アルカラ・デ・エナーレス）

「どこかで会ってお話ししましょうか?」と提案してくれた。飛び込んできた機会に、思わず、

「じゃあ、今度の土曜の午前中にトレードでということで、よろしいですか?」

と尋ねる。帰ってきた言葉は、

「もちろんです。お会いしましょう。私はあなたに会わねばなりません。なぜなら私には、あなたがとても美しい人だということがわかっているからです」

写真担当の篠田にこのことを話すと、ニヤニヤしながら一言、

「その人、ドン・キホーテみたいな話し方だね」

まさに! どうやらホセ・ロセル氏、いやドン・ホセは、ドン・キホーテの世界にどっぷり浸かっているようだ。

土曜の朝十一時、マドリードの南西、車で五十分ほどの所にある古都トレード(Toledo)に着いた私たちは、指定されたカフェに行った。カウンター席には、胸に「マンブリーノの兜」のバッヂをつけた老紳士が若い女性二人と談笑している姿—ドン・ホセだ。

彼はその日、丸まる三時間、トレードの町にあるセルバンテスと『ドン・キホーテ』ゆかりの場所を案内してくれた。彼の著書『アミーゴ・サンチョ』は、この町を州都とし、ラ・マンチャを含む州、カスティーリャ・ラ・マンチャ州政府が出版したものだ。ドン・ホセは「トレード王立芸術歴史科学アカデミー」の代表でもあり、近郊の町バルガス(Bargas)で生まれ育ち、今もそこを拠点に活動、トレードにも頻繁に来ている。

「私の家は貧しかったので、私が幼い頃、母は生活費を稼ぐために、裕福な家へ働きに行っていました。私は母について行っては、その家にある本を読んでいました。その時、初めてドン・キホーテと出会ったのです」

子どもの頃からの読書好きは今も変わらず、毎日十時間は本を読んでいるという。トレード案内をしながら話してくれたその人生は、セルバンテスや彼の小説の主人公の人生にも似て、ユニークなものだった。

貧しくて高等教育を受ける機会のなかったドン・ホセは、生活のためにあらゆる仕事をした。

「引退前の二十年間は、司法解剖医の助手をしていたのですよ」

今はABC紙を始めとする様々なメディアで、セルバンテスやその作品に関する記事を書き、また講演を行う

ために、各地へ旅をしている。年齢からは想像できないほどのエネルギーの持ち主だ。

『ドン・キホーテ』に登場する人物や場所、モノ、何について質問をしても、彼はそれが出てくる箇所を鮮明に記憶している。それだけではない。それらの起源、歴史、使用方法など、フィクションではない部分についても、調べ尽くしている。ドン・キホーテの足跡をたどる私たちの旅も、いろいろな場面で彼の知識に助けられた。ひとつの小説を物語としてだけでなく、そこに描かれた人、モノ、土地の歴史と現在、更には描いた人の人生、読む人たちの人生と重ね合わせてみることのおもしろさを、この人は知り尽くしている。

別れ際に、聞いてみた。『ドン・キホーテ』という小説が読者に訴えかけていることは、一言で言うと何だと思いますか？

「野心よりも何よりも、気高い心が大切だということでしょう」

この言葉を頭の片隅に置いて、私たちは冒険を続けるとしよう。

大聖堂（トレード）

★ラ・マンチャの味 El sabor manchego

リレー朗読会とラ・マンチャ料理

　長編小説を読むのが苦手な私が『ドン・キホーテ』を読破する気になったきっかけのひとつは、食べ物だ。マドリード郊外に住む友人に誘われ、町の「ドン・キホーテ、リレー朗読会」に参加した時のこと。朗読の後、「ドン・キホーテの故郷、ラ・マンチャの食べ物」というテーマで、食事とワインが振る舞われた。中でも目を引いたのは、大きな平鍋いっぱいに広がる赤茶色の大地のようなガチャ（gacha）だ。

　ガチャとは、アルモルタ（almorta）という豆の粉をオリーブオイルで溶き、十五分ほどかきまわしながら焦がした料理。ベビーフードのようにドロドロしていて、少しそら豆のような味のする不思議な食べ物だ。一昔前までは、これがラ・マンチャの人々の典型的な朝食だったというから驚いた。かなり胃にもたれそうだ。

ガチャ

　ほかに、ラ・マンチャ風ピスト（pisto manchego）、ラ・マンチャのチーズ＝マンチェゴ・チーズ（queso manchego）、ラ・マンチャ・ワイン（vino manchego）も並んだ。ピストはピーマンとトマト、玉ねぎ、ニンニクをオリーブオイルでじっくり炒め煮したもので、野菜の甘味がたまらない。濃厚な味わいのチーズとピストをつまみながら、赤ワインを飲めば、騎士道物語を巡る会話も弾むというものだ。
　ラ・マンチャ・ワインは、スペイン一の生産量を誇りながら、以前は味の評価が今一つだった。が、最近では「利き酒が得意」だというサンチョもよだれをたらしそうな良い品も出ており、しかも一本三～五ユーロ（約四百～七百円）で手に入る。

硬いパンがごちそうに変身

ラ・マンチャの料理と言えば、風車の村、カンポ・デ・クリプターナ（Campo de Criptana）では、「セルバンテス週間」に、ミガス・デ・パストール（Migas de pastor）という料理のコンクールがあった。コンクールといっても、数組の村人たちが、風車の立つ丘で鍋を火にかけ、「ミガス」を作って味わうだけだが、かつて羊飼いたちの昼食風景はいつもこんなふうだったのだろう。

「ミガス」とは、パンくずのこと。「パストール」は羊飼い。つまりこの料理は昔、羊飼いが一週間以上も草原を旅した際、固くなってしまったパンをバラバラにし、干し肉やブドウなどの手持ちの食材と一緒に炒めた料理だから、「羊飼いのパンくず」＝ミガス・デ・パストールなのだ。「生活の知恵」の詰まった一品である。

ミガスを作る（カンポ・デ・クリプターナ）

マンチェゴ・チーズは、羊飼いたちが追う、この地方独特の種類の羊（oveja manchega）から絞った羊乳で作る。『ドン・キホーテ』にも何度も登場する「羊飼い」は、ラ・マンチャではそれほどポピュラーな職業だった。ドン・キホーテ流に言うならば、天が人間に与えた最も貴重な贈り物である「自由」を象徴する職業のひとつだったに違いない。

ラ・マンチャの味は、原野を吹き渡る自由な風と、素朴でタフな人々を体現している。

「セルバンテスの家」のあるエスキビアスには地下道が張り巡らされていた。

第五章 主従の狂気

「おいらが公爵用の豪華なガウンを羽織ったり、外国の伯爵様みたいに、金と真珠で飾りたてた衣装を身に着けたりしたらどんなもんでしょうかね？　きっと、百レグアも離れたところから、おいらのことを見ようと人が押しかけてくるんじゃねえかな」

（前篇第二十一章）

-¿Qué será cuando me ponga un ropón ducal a cuestas, o me vista de oro y de perlas, a uso de conde extranjero? Para mí tengo que me han de venir a ver de cien leguas.

『ドン・キホーテ』は話が進むにつれて、「狂気の騎士」の物語から、しだいに「狂気の主従」の物語へと変わっていく。というのも、従士のサンチョ・パンサまでもが、主人と同じように妄想に取りつかれていくからだ。

●伯爵を夢見る従士

「マンブリーノの兜」を手に入れた後、サンチョは、持ち物すべてを放り出して逃げた床屋のロバを自分のものにしてもよいかと、主人に尋ねる。が、ドン・キホーテは、騎士道の常道に外れる行為だと諭す。そして、せめて馬具だけでも取り替えてよいかと粘る従士に、その点に関しては騎士道の掟で許されているかどうか自分もよく知らないので、「たしかなことが分かるまで、お前がどうしてもそうしたいというなら」取り替えてもいいと、許可を出す。

ロバを立派な馬具で変身させたサンチョは、大満足で旅を続け、早く主人の活躍が世に認められて自分の手に褒美が転がり込むことを願って、こんな提案をする。

「おいら、数日前から考えてるんだが、(中略)わしらはいっそのこと、どこぞやの皇帝陛下なり、現に戦をしておいでの偉い王侯なりにお仕えし、そこでお前様の肝っ玉や腕力や才覚を存分に見せつけたほうが得策じゃなかろうかと思うんですがね」

ドン・キホーテは、しかし、騎士はまずいくつかの冒険を通して名声を得たうえでしか、王の前には出られないのだと説く。つまり、王の城の門をくぐる時には、城内へ足を踏み入れた瞬間から歓待されるくらい有名でなければならない。その後更なる武勲をあげて、美しい姫君と結ばれるというのが大抵の筋書きだ、と言うのだ。

「そうこうするうちに父王が逝去され、姫君が王国を継承することになって、騎士はあっという間に事実上の王になる。こうなるといよいよ、従士をはじめとして、騎士をそうした高い地位に登らせるのに尽力した者たちすべてに恩賞が与えられる」

自らの人生が騎士道物語と同じ道筋をたどると信じる騎士は、彼の従士もまた、大公爵の娘と結婚して伯爵になること間違いなしと請け合う。それを聞いたサンチョは、「おいらはそいつを当てにしてるんだ」と無邪気に期待し、貴族になった自分を想像してほくそ笑む。

「おいらが公爵用の豪華なガウンを羽織ったり、外国の伯爵様みたいに、金と真珠で飾りたてた衣装を身に着けたりしたらどんなもんでしょうかね？　きっと、百レグアも離れたところから、おいらのことを見ようと人が押しかけてくるんじゃねえかな」

この辺りのやりとりをみていると、先述のセルバンテス研究家ドン・ホセが言うように「野心よりも、気高い心が大切」だということをこの小説から学ぶのは、到底無理なのでは？と思ってしまう。俗人サンチョは特にそうだ。が、少なくともドン・キホーテが地位や恩賞の話をするのは、単に「遍歴の騎士の人生はそのように展開するものだ」という思い込みからなのだということを思い出し、読み進めることにしよう。

●囚人解放劇の結末

主従はまもなく旅の道筋で、鎖で数珠繋ぎにつながれて連行される囚人の一行に出会う。彼らは自分の犯した罪の罰として、国王の命令でガレー船に乗って船を漕ぐことになった漕刑囚だった。

ガレー船とは当時、貿易や海戦に使われていた船で、帆と両舷に並ぶ多数の櫂を動かして進んだ。櫂の漕ぎ手の労働条件は過酷で、多くの場合、囚人や戦争捕虜がその役目を担っていた。ドン・キホーテとサンチョが声をかけた連中も、そんな境遇の男たちだった。

彼らを見るなり、「王様に無理強いされて、ガレー船へ船漕ぎに行く連中」だと言った従士の言葉に、正義感溢れる騎士は、事情はどうあれ自らの意志で行動しているのではない男たちを放ってはおけないと、意気込む。

「今こそ、抑圧と屈辱を取り除き、弱きを助けることを任務といたす拙者が力を発揮すべき時じゃ」

ドン・キホーテはまず、囚人たちの何人かにそれぞれの罪状を尋ねて歩いた。と、男たちはそれぞれに盗みや姦通など、自分がしでかしたことを語り始める。中には、牢獄で自らの人生を伝記に書いており、それはどんな小説よりもおもしろいと請け合う大泥棒、ヒネス・デ・パサモンテという男もいた。

普通の人間なら、こうした罪人たちが法律で裁かれて刑を執行されるのは、当たり前のことだと考えるだろう。ところが、われらが騎士にとっては、どんな理由であれ、「己の意志に反して引き立てられていく」ということ自体が許し難いのだ。「神と自然がもともと自由なものとしてお創りになった人間を奴隷にするというのは、いかにも酷いことに思われる」

そう意見したうえで、囚人を連行している警護の役人たちに言う。

「人が犯した罪というものは、めいめいがあの世で償えばよいのじゃ。悪人をこらしめ、善人を誉め称えることをゆるがせにはなさらない神が天にましますからには、まっとうな人間が、なんの恨みもなければ関係もないほかの人間に刑の執行をするというのは、あまりほめた話ではない」

だから囚人たちを自由にせよ、と。

頭にきた護送隊長がドン・キホーテに、「頭にのせたその洗面器をまっすぐにして自分の道を行ったが身のためだよ」と言ったとたん、悲喜劇は始まった。

ドン・キホーテの槍が護送隊長を打ち倒し、囚人たちはこの機に脱走せんと暴れだし、役人たちは騎士と囚人の間で振りまわされ、サンチョは大泥棒パサモンテの鎖を外すのを手伝い、自由になったパサモンテは護送隊長の剣と鉄砲を奪い、パサモンテの行動と囚人たちが投げる石つぶてに度肝を抜かれた役人たちは、アッという間に退散し－気づいた時は、自由になった囚人たちと主従だけがその場に残されていた。

ドン・キホーテは、自分が助けた囚人たちに向かい、「ひとつだけしてもらいたいことがある」と、エル・トボーソ村へ行って、自分の思い姫に今回の活躍ぶりを報告してほしいと頼む。それを果たした後は自由にしてよい、と。

ところが、早く逃げることしか考えておらず、約束をする気などまったくない囚人たちは、パサモンテの合図で「恩人」であるはずの主従をめがけ、石つぶての雨を降らせた。しまいには、落馬した騎士の背中を「マンブリーノの兜」で殴って、体も兜もペチャンコにしてから上衣を剥ぎ取り、従士からも外套を奪って、逃げ去る。

かくして主従は、助けた相手にひどい目に遭わされ、山野を取り締まる「聖同胞会」（当時、山野での犯罪の取り締まりに当たっていた警察組織）からは囚人を自由にした罪人として追われる羽目になり、ひどく傷ついた心でシエラ・モレーナの山の中へ逃げ込むこととなった。

ガレー船を漕ぐ人々（バルセローナの海洋博物館）

シエラ・モレーナへの道

★名物マンチェゴ・チーズ
Producto famoso de La Mancha: Queso manchego

ラ・マンチャ名物のひとつ、マンチェゴ・チーズ（Queso manchego）。その濃厚な味わいは、ワイン好きにはたまらない。サンチョが常に持ち歩いた食糧のひとつだ。

　マドリードから国道四号線を南へ五十分ほど走り、テンブレーケ（Tembleque）の町を通り過ぎてまもなく、左手（東側）にガソリンスタンドとドライブインが見える。その脇に伸びる並木道の先に、マンチェゴ・チーズの小さな工場、「フィンカ・ラ・プルデンシアーナ（Finca La Prudenciana）」がある。

「私は二十代の頃、広島に行ったことがあるんですよ」

　四十代の社長、アルフォンソ・アルバレス・バレーラさんが、親しみを込めて話す。細身で背が高く、健康的な体格のアルフォンソさんは若い頃、マラソン選手だった。スペイン代表として、広島で開かれた大会に出場した経験がある。今は、父親の後を継ぎ、家族経営の農場で麦とアーモンド、ウォールナッツを栽培し、千頭を超えるラ・マンチャ羊を飼い、その乳でチーズを作る。

「この辺りでは、昔から麦の栽培と牧畜が盛んでした。羊は、麦畑の休閑地に生える雑草を食べてくれるので、この組み合わせは理想的だったんです」

　毎日羊の乳を集め、5℃のタンクで一日置いてから、翌朝そこに凝乳酵素を入れて温める。その後、凝固した部分だけを集めて型に流し込み、圧搾機に四～五時間かける。それらを塩水に約一日浸けておき、取り出したものを低温倉庫で乾燥させ、時間をかけて熟成させる。二～五ヶ月程度の熟成期間でできたチーズが、セミ・クラード(semi-curado)、六〜十二ヶ月といった長期間熟成させたものが、クラード(curado)だ。クラードの方が味が強く、通好み。オリーブオイルに漬け込むと、更にコクが出る。

マンチェゴ・チーズといえば、必ず表面にギザギザ模様が入っている。昔はカヤで編んだむしろに乗せて水分を抜いていたため、チーズのまわりに独特の縄模様が入ったのだ。今は、型にその模様をつけておくことで、トレードマークを守っている。

アルフォンソさんの工場のマンチェゴ・チーズは、アルテケソ（Artequeso）というブランド名で販売されている。残念ながら、日本ではまだ一般販売されていないが、「ワインとくればチーズ！」と言う人が増えれば、状況は変わるだろう。まずは、アルフォンソさんを訪ね、作り方を見学した後、その場で味見をして気に入ったものを買うといい。

普通のマンチェゴ・チーズだけでなく、オリーブオイル漬けにしたものやハーブを入れたもの、山羊乳のチーズなど、様々な種類のチーズを作っている。友人といくつかの種類を買って分け合うのも、バラエティを楽しむ良い方法だ。

Finca La Prudenciana
Tel & fax : 925-145192
www.artequeso.com

Más locura del caballero y de su escudero

第六章

主従の更なる狂気

「司祭さまが余分な口出しさえしなかったら、今ごろはもう、おいらの御主人は王女のミコミコーナ様と結婚しておいでで、おいらだって少なくとも伯爵にはなってたはずだからね」

（前篇第四十七章）

-Si por su reverencia no fuera, esta fuera ya la hora que mi señor estuviera casado con la infanta Micomicona, y yo fuera conde por lo menos.

檻に入れられ故郷へ（アルカラ・デ・エナーレスの演劇フェスティバルで）

シエラ・モレーナ（Sierra Morena）は、ラ・マンチャとその南、アンダルシーアとの境に横たわる山々の総称。二十世紀初頭までは山賊が出没し、フランコ独裁の時代（一九三九〜七五年）には反政府ゲリラが潜んでいたといわれる、自然の厳しい所だ。そこには絶滅が危惧されるイベリアオオヤマネコや鹿、マングースなど、様々な野生動物が生息している。

●シエラ・モレーナでの苦行

騎士はその山中で、従士に思い姫ドゥルシネーアへの愛の手紙を託し、返事が届くまで山奥で苦行を積む決意をする。苦行とは、有名な騎士道物語の主人公のごとく、荒行をする、はたまた草や木の実だけを食べながら思い姫に捧げる詩を作ってはため息をつき、自然の中に息づく神々に話しかけては時をやり過ごすことだ。「おお、山野の茂みに住むをならいとする森や谷の妖精たちよ、虚しくおん身らに―」といった具合に。

シエラ・モレーナ西部には、ドン・キホーテが苦行を積んでいた場所がある―セルバンテス研究家ドン・ホセにそう教えられた地域をドライブ、散策して、「ここか！」と思える風景を見つけた。もちろん、これはあくまでもセルバンテスにインスピレーションを与えたのはこんな景色だっただろう、ということなのだが、その推測には歴史的裏付けがある。

セルバンテスは四十代の頃ずっと、無敵艦隊の食糧徴発係や徴税吏として、アンダルシーアを中心に各地を旅して歩いた。ラ・マンチャからアンダルシーアのコルドバ（Córdoba）、セビージャ（Sevilla）などへぬける、ちょうどこの辺りの街道沿いの宿屋や旅籠でも休息を取りながら、仕事に勤しんでいたのだ。

今はもう街道ではない草原の田舎道に、一軒の古い家がある。二十世紀初頭まで旅籠だったその家には、老夫婦が暮らしている。聞けば、山道をトレッキングする人やドン・キホーテ・ファンが時折、戸を叩くと言う。「この先に、ドン・キホーテが苦行をした場所があるんじゃよ」

老人が指し示す方向へ山裾の山道をしばらく歩くと、目の前に「一筋の小川が静かに流れ、（中略）さまざまな草花がそこに彩りを添え、生い茂る自然のままの樹木が

その場をいっそうのどかにしていた」（前篇第二十五章）と描写するにふさわしい風景が広がった。

小説に描かれているほど山奥ではないが、目にする川、草木、岩などは、騎士の苦行の地の景色そのものに思えてくる。やがて日が暮れ、夜の帳が下りたなら、そこにはサンチョが二度と見たくないと思った、ドン・キホーテの荒行姿がシルエットとなって浮かんだことだろう。「ズボンを脱ぎ捨て、下半身をあらわにして、シャツの裾をひらひらさせた。それからなんら躊躇することなく、二回高く飛び上がって両手で足を打ち、続けて、宙返りを二回もやって—」

もっとも、騎士はサンチョが立ち去った後、よくよく検討した末に、荒行をやるよりも、崇拝する騎士アマディス・デ・ガウラ（架空の人物）が行ったように、「姫を想いながら、神に祈りを捧げる」ほうが自分にふさわしいと、苦行の方法を切り替えたのだが。

●旅籠でのドラマの結末

サンチョは荒行をよく見ることを避け、「姫」に手紙を届ければロバを三頭与える、という主人の約束に大喜びで、そそくさと旅立った。が、途中の旅籠で預かった手紙がないことに気づき、大慌て。ちょうど彼らを探しに来ていた故郷の村の司祭と床屋に、助けを求める。

今一番の望みは、ロバをもらうこともそうだが、とにかく主人が山（シエラ・モレーナ）を下り、再び旅に出て皇帝になり、自分も皇后の侍女と結婚することだ—遍歴の騎士の従士は、ふたりにそんな話をしたのだ。

司祭たちは、サンチョの妄想にあきれかえりながらも、逆にその妄想を利用してドン・キホーテを故郷に連れ戻す作戦に出る。どんな手を使ってでも、友人「アロンソ・キハーノ」を狂気から救おうと考えていたからだ。そして、皆でシエラ・モレーナに行こうと提案するのだった。

ところで、サンチョが司祭たちに出くわした旅籠は、主人が宿賃を払わなかったせいで、彼が毛布で何度も宙へ放り上げられ、散々な目にあった因縁の地でもあった。そのモデルと思われる当時の旅籠の跡、名残とでも言うべきものが、現在もシエラ・モレーナの北の裾野、かつてラ・マンチャ中部からアンダルシーアのグラナダ（Granada）へぬける街道が通っていた場所に残っている。

Más locura del caballero y de su escudero

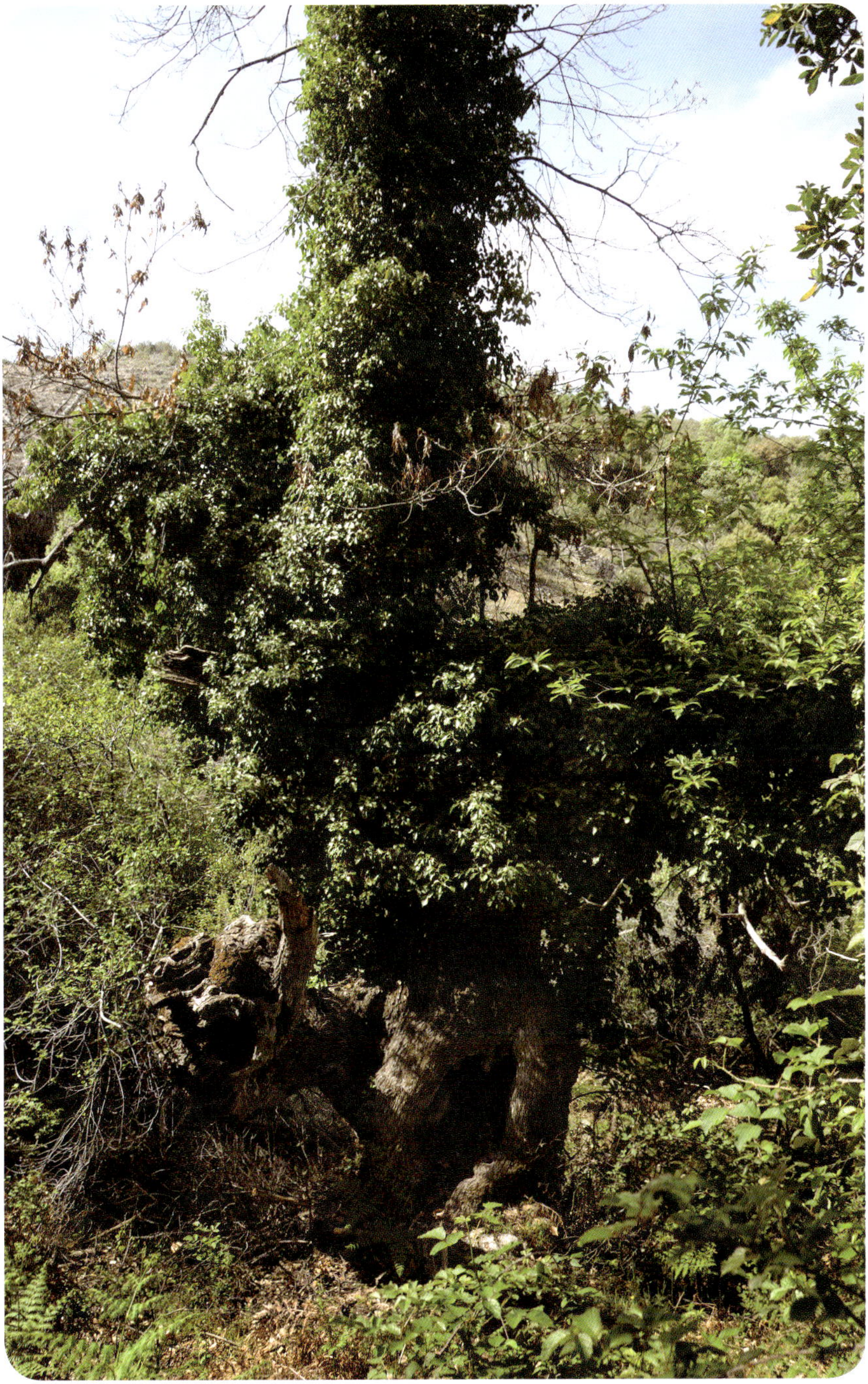

ドン・キホーテが苦行をした岩山

こちらはドン・ホセではなく、騎士の「故郷の村」を科学的分析によりビジャヌエバ・デ・ロス・インファンテスだと特定した、フランシスコ・パーラ教授の情報だ。彼は、故郷の村とシエラ・モレーナ山中の苦行の地の距離と方向から分析し、問題の旅籠があるはずだと推測される地域を探索、旅籠の「名残」を発見した。昔は大勢の旅人が馬を休ませ、食事をしたのであろう。わずかに残る建物の痕跡のまわりには、瓦や器の破片も落ちていた。

この一帯は国有、私有の農場になっており、許可を取らないと訪れることができない。私たちは、パーラ教授の友人の案内のおかげで行くことができた。ドン・キホーテたちのように、その辺りをふらりと通りかかり、コルク樫の枝にワインの革袋をひっかけて、拾ったどんぐりをかじりながらひと休み、というわけにはいかないのだ。

さて、それぞれの目的を胸にシエラ・モレーナにやって来たサンチョ、司祭、床屋の三人は、しばし二手に分かれる。サンチョは、騎士の心を知った「姫」が会いたがっている、と嘘をついてドン・キホーテを連れ出すために、山奥へと急ぐ。一方、司祭と床屋は、サンチョの帰りを谷間で待つことにした。

待つ間に、司祭たちはひょんなことから、自分たちの計略に協力してくれる人物と知り合う。ドン・フェルナンドという身分の高い友人に恋人を奪われた若者カルデニオと、ドン・フェルナンドに結婚の約束を果たしてもらえなかった、美しく聡明な娘ドロテーアだ。カルデニオは傷心の身で山奥に潜み、時に狂った野生児のような姿になりながら暮らしていた。ドロテーアは父親を始め、家をこっそり抜け出した自分を捜している人々から逃れるために、男装して隠れ過ごしていた。

詳しい経緯はさておき、ふたりは司祭たちの話に興味をそそられ、騎士を故郷に連れ帰るための芝居に一役買うことにする。芝居とは、ドロテーア演じる某王国の姫君ミコミコーナが、「勇猛果敢な騎士」ドン・キホーテに巨人と闘って祖国を救ってほしいと願い出る、というものだ。計略にまんまと引っかかった騎士と従士は、ドゥルシネーア姫と会う前に武勲をあげるべく、「ミコミコーナ姫」と共に彼女の「王国」を目指し、意気揚々と旅に出る。

一行はやがて、そろってあの旅籠にたどり着き、そこで驚くべき体験をする。ドロテーアとカルデニオが、それぞれの恋人（ドン・フェルナンドとルシンダ）に偶然出くわすのだ。この恋のドラマの結末と、旅籠で起きた数々の奇想天外な事件については、ぜひ原作をお読みいただきたい。

一方、従士サンチョは、恋人同士の鉢合わせの一件で、さすがにドロテーアが「姫君」ではないことを悟る。だが、伯爵になる夢を捨てきれないために、主人と「姫君」が以前と変わらぬやりとりをするのをみて、物事を自分に都合のいいように捉え始める。ドロテーアはやはり「ミコミコーナ姫」だと思うことにして、強引に冒険ドラマを続けようとするのだ。

ところが、いざ旅籠を出て「王国」へという段になると、司祭たちが再び策略を立てて、今度はドン・キホーテを檻に入れてしまう。檻ごと牛車に乗せ、故郷へ向かおうというわけだ。

策略に気づいたサンチョは、怒って司祭に「司祭さまが余分な口出しさえしなかったら、今ごろはもう、おいらの御主人は王女のミコミコーナ様と結婚しておいでで、おいらだって少なくとも伯爵にはなってたはず」だと文句を言い、続けてこう忠告する。

「（あの世に行った時、神様に）ドン・キホーテ様が囚われの身となっているあいだ、世間に善行をほどこしたり弱き者を助けたりできなかったことに対する責任を問われねえよう、お気をつけなさいまし」

果たしてサンチョは、正気なのか、狂気なのか。皆さんは、どうお思いだろう？

旅籠の跡

夜の城（旅籠）では、様々なドラマに劇的な結末が…

★数々の挿入小説
Novelas en la novela

ふたつの名作

小説『ドン・キホーテ』前篇には、ちょっとした物語や短編小説並みに長い話が挿入されている。作品を何度も読み返した人たちに尋ねると、「挿入されている○○の話だけを、繰り返し読んだ」という人も、意外に多い。

中でも、第三十三章から第三十五章にかけて語られる「愚かな物好きの話」と、第三十九章から第四十一章にかけて続く「〈捕虜〉の身の上話」は、物語の本筋とはまったく無関係に展開する、独立した物語。それだけ読んでもおもしろい分、「なぜここに?」という違和感も抱かせる。

「愚かな物好きの話」は、恋人二組の再会事件があった旅籠で、客がカバンごと忘れていった原稿を宿の亭主が皆のために読む、という設定で語られる。イタリアのトスカーナ州に住む無二の親友である二人の男性と、そのひとりと結婚した美しい女性を巡る物語だ。男は「求婚の使者」となってくれた親友に、自分の妻が本当に貞節な女かを確かめるために、彼女を誘惑してみてほしい、と頼む。「彼女に思いを寄せるに値する男の執拗な求愛」という試練に耐えてこそ、本当に貞操の固い女だといえるからだ、と言うのだ。何とも呆れた話だが、その展開がドキドキはらはらもので、悲壮感漂う結末へと進むものだから、われらが騎士の物語を忘れて、読みふけってしまう。

「〈捕虜〉の身の上話」のほうは、若きセルバンテスが、海賊船に捕らえられ、北アフリカのアルジェで送った五年間の捕虜生活をもとに書かれたと考えられる物語だ。四回も逃亡を企てた彼自身の「特殊体験」を生かし、当時のイスラム世界とキリスト教国スペインの関係性も反映したドラマチックな展開が、好奇心をそそる。

なぜ入れたのか?

それにしても、なぜ関係のない話を入れたのだろう、ややこしいではないかーという前篇の読者の声は、作者自身も気にしていたようだ。『ドン・キホーテ』後篇第三章の中で、騎士の友人である学士サンソン・カラスコの言葉として、こう述べている。

「あの物語(『ドン・キホーテ』前篇)の欠点のひとつとみなされているのは、作者がそこに『愚かな物好きの話』と題する小説を挿入していることです。別にこれが駄作だからとか、書

セルバンテスは６年間をイタリアで過ごした。（イタリア・ナポリ）

き方がまずいからとかいうわけじゃない。そうでなくて、それがまったく場違いで、ドン・キホーテ殿の物語となんのつながりもないからです」

とはいえ、書いたことを後悔してはいないことも、後篇第四十四章を読めば明らかだ。セルバンテスは、「絶えず頭と手とペンを、ただひとつのテーマについて書くことに、そして、ごくわずかな人物の口を介して話すことにさし向けてゆくというのはひどく耐えがたい仕事であり」と、ドン・キホーテとサンチョのことばかり語るのは苦痛だと告白。その問題を解消するために、短編を挿入するという工夫をしたのだ、と述べる。そのうえで、こう結論づけるのだ。

「多くの読者はドン・キホーテの数々の手柄ばかりに気をとられて、挿入された小説に注意を向けようとはせず、ざっと、あるいはいらいらしながら読み飛ばしてしまうだけで、それらが内に秘めている趣向や技巧といったものに気がつかなかったに違いないが、もし、そうした小説がドン・キホーテの狂気の沙汰やサンチョの笑止な言動とはかかわりなく、それだけで個別に出版されていたとすれば、その趣向や技巧は誰の目にも明らかになっていたことであろう」

作者の言い分はともかく、皆さん、まずはぜひとも読んでみてください。

セルバンテスが捕虜として暮らした北アフリカが見える。（ジブラルタル海峡）

Famosos se hicieron el caballero y su escudero

第七章 有名になった主従

『ドン・キホーテ』初版本（バリャドリード）

「名声、あるいは高き誉れに関して言えば」と、学士がひきとった。「ドン・キホーテ殿は、世にある遍歴の騎士方すべての栄誉をひとり占めしておられますよ」

（後篇第三章）

-Si por buena fama y si por buen nombre va -dijo el bachiller- , sólo vuestra merced lleva la palma a todos los caballeros andantes.

騎士の身を案じる司祭らの策略で檻に入れられ、牛車に乗せられて、故郷へ連れ戻されるドン・キホーテ。しかし、彼も従士も、遍歴をあきらめたわけではなかった。

●遍歴が病みつきに

伯爵領を治める自分の姿を夢見、その実現を信じる従士は今や、主人ドン・キホーテは遍歴の騎士の中でも最高の騎士だと断言するようになっていた。村へ帰る途中、怪我で傷ついた主人に、こんな慰めの言葉をかける。

「わしらの村へ帰り、そこでまた、もっと利益にもなれば名声をあげることにもなるような旅に出かける計画でも練りましょうよ」

騎士はもちろん喜んで、「よくぞ申した、サンチョ」とひきとる。そしてふたりは、司祭と床屋を始めとする大勢の人々と共に、故郷の村にたどり着く。

久しぶりに妻と再会したサンチョは、自分はそのうち島の領主になると話して聞かせるが、突拍子もない話に妻は、何のことやらわけがわからず困惑する。それでもサンチョは、もうすっかり主人の妄想世界にはまり込んでしまったのか、遍歴の騎士の従士としての生活の楽しさを語り続ける。

「―苦労はあるものの、それでも何かいいことが起こるんじゃねえかという期待に胸をふくらませて山を越え、森にわけ入り、岩根を踏みしめ、城を訪れ、さらに旅籠に泊まって勝手気ままにふるまい、それでびた一文払わずに出て来るっていうのは愉快なことさね」

一方のドン・キホーテはというと、家のベッドにぐったりとしていた。彼を連れ帰った司祭は家の者たちに、ドン・キホーテが再び村を飛び出すことのないよう注意するようにと頼む。騎士、いや郷士アロンソ・キハーノの姪と家政婦は、しかし、自分たちがどんなに注意していても、叔父であり主人である初老の紳士は、体調が戻ったら、すぐにまた姿を消してしまうのではないかという恐れを抱く。

そして事態はまさにそのように―、というところで、前篇は幕を閉じるのである。

●登場人物、前篇を語る

前篇出版の十年後、一六一五年に出た後篇を読み始め

EL AYUNTAMIENTO
Y EL PUEBLO DE
ESQUIVIAS A LA
FUNDACION ARECES
POR SU GENEROSO
MECENAZGO

ると、まず驚くことがある。作者セルバンテスは、前篇の大ヒットを引き合いに出し、「ドン・キホーテとサンチョ・パンサの話が出版されて、有名になった」と、登場人物自身に語らせているのだ。まるで彼らが実在の人物であるかのように―

「名声、あるいは高き誉れに関して言えば」と、学士がひきとった。「ドン・キホーテ殿は、世にある遍歴の騎士方すべての栄誉をひとり占めしておられますよ」（後篇第三章）

　このセリフを語っているのは、ドン・キホーテとサンチョ・パンサの故郷の村の学士で、後に狂気の騎士を廃業に追い込むサンソン・カラスコだ。彼は更にこう続ける。

「作者たるモーロ人はアラビア語で、またキリスト教徒はカスティーリャ語で、あなた様の凜々しさ、危険に立ち向かう際の驚嘆すべき勇気、苦境における忍耐力、（中略）を、きわめて的確に、まるで目に見えるように活写しているからです」

　サンソン・カラスコは、ドン・キホーテの伝記がシデ・ハメーテ・ベネンヘーリというアラビア人史家の手によってアラビア語で書かれたと述べる。それをセルバンテスがスペイン語に翻訳させ、編集して出版したおかげで、主従は有名人になったと言うのだ。

●「原作」を仕立てた巧妙さ

　セルバンテスは、シデ・ハメーテ・ベネンヘーリが記した『ドン・キホーテ・デ・ラ・マンチャ伝』との出会いについて、あたかもそれが事実であるかのように説明している。

「わたしがトレードのアルカナ商店街をぶらついていると、たまたま一人の少年が絹商人のところへ何冊ものノートと古い紙の束を売りにやってきた―」（前篇第九章）

　トレードは、八～十一世紀の間アラビア人の支配下に置かれ、一〇八五年にアルフォンソ六世によってキリスト教徒の手に戻った町だ。が、その後も十五世紀末まで、多くのアラビア人やユダヤ人が暮らしていたという。セルバンテスは、アラビア人にゆかりの深い町の「アルカナ商店街」で目にしたアラビア語のノートに、好奇心をかき立てられたと告白。翻訳できる人を探して読んでもらったところ、それがドン・キホーテの伝記だと判明し

ここにアルカナ商店街があった。（トレード）

た、と読者に語る。

そうやって出会った（?!）『ドン・キホーテ・デ・ラ・マンチャ伝』をもとに書き上げたとする『ドン・キホーテ前篇』出版の事実は、後篇の初めのほうで、従士サンチョの口からドン・キホーテに伝えられる。

「おまえ様とおいらが二人だけで話し合った事なども皆載っているというもんだから、その伝記の作者は一体どうしてそういうことを知ったものかとびっくり仰天して、思わず十字を切ったほどですよ」

以来、騎士本人までもが自己紹介の時、「拙者の伝記がすでに三万部印刷され、天意がそれを妨げぬ限り、これから千部の三万倍も増刷《ましずり》されようとしておりまする（中略）拙者こそドン・キホーテ・デ・ラ・マンチャ」などと言い出す始末となった。

セルバンテスは、前篇のヒットを利用して後篇の展開を考えた。更には、自分が前篇執筆の際に犯したミスや辻褄が合わない部分を、後篇でドン・キホーテの言葉を借りて「アラビア人史家」を批判することによって、釈明している。

「わしのことを描いた物語の作者は、賢者どころか無知なおしゃべりで、いっさい筋道を立てることなく、出たとこ勝負で、やみくもに書きはじめたに違いありませんな」

●原作者と登場人物の謎

ところで、セルバンテスが言うところの「原作者」と登場人物たちは、いったいどのように誕生したのだろうか？

十五世紀後半から流行していたスペインの騎士道小説は、多くの場合、「ほかの言語で書かれた原作を翻訳した作品」として、世間に登場していたという。セルバンテスは無論それを意識していたに違いない。が、彼が「原作者」を作り出した最大の理由は恐らく、自身を「第二の作者」に仕立て上げることで、自分がこの小説を書きながら思いついたことをそのまま自由に、あらゆる検閲や批判をかわして、読者に伝えたかったからだろう。当時は出版物に対し、お上や教会の厳しい検閲があった。また、作家としての自分を、「第二の作者」としての客観的な視点で振り返ることで、内容を磨いていたとも考えられる。

では「原作者」＝シデ・ハメーテ・ベネンヘーリ（Cide Hamete Benengeli）とは、誰なのか？　もちろん作家が作り出した架空の人物だ。Cideは、アラビア語の男性の敬称。これに、アラビア人によくある名Hamidとアラビア人の好物といわれる「茄子（berenjena）」をもじった「ハメーテ・ベネンヘーリ」をくっつけて名付けたと考えられる。

シデ・ハメーテ・ベネンヘーリは、名前こそアラビア人をからかったような滑稽なものだが、作品を読んでいくと、実のところはセルバンテスに敬愛されているように感じる。真の「ベストセラー作家」をアラビア人にしたのは、イスラム教徒の言葉に重きを置かない世間の風潮を利用して、堂々と社会批判をしようと考えたせいで、裏を返せばキリスト教一辺倒だった当時のスペイン社会への挑戦だろう。

登場人物に関して言えば、まず主人公ドン・キホーテの生きざまに、セルバンテス自身の人生が投影されていることは間違いない。が、郷士アロンソ・キハーノや、ほかの人物は誰をモデルにしているのだろう？　そもそも、モデルとなる人物はいたのだろうか？

セルバンテスが妻と一時期暮らした町に、そのヒントがある。マドリードから南西へ車でおよそ三十分、博物館「セルバンテスの家（Casa de Cervantes）」がある町、エスキビアスだ。

セルバンテス夫妻が住むずっと以前、町にはセルバテンスの妻の親類でエスキビアスの郷士、アロンソ・キハーダ・サラサールなる、一風変わった人物がいた。そう、ドン・キホーテの本名アロンソ・キハーノ（姓はキハーダかケハーダだったかもしれない、と前篇には書かれている）と同姓同名の人物だ。

作家が妻と共に暮らした頃にはとっくに亡くなっていたが、うわさ話は聞かれたことだろう。アロンソ・キハーダ氏の父親は、バリャドリード（Valladolid）の法律家で、母親はトレードの貴族出身だった。ドン・アロンソは生涯独身で、騎士道物語の愛読者だったといわれ、後にトレードに出て聖職者になり、近隣の教会で働いたらしいが、その後の消息は不明。彼の両親の墓だけが、トレードのサン・ペドロ・マルティル教会に残っているという。

騎士の友人、学士のサンソン・カラスコの姓も、実はこの町に実在した人物、ファン・カラスコからとったと考えられる。その名サンソンは、旧約聖書に「力と完璧の権化」として登場する逞しいサムソンを連想させる。

小説の中で、彼が演じる役回り＝「顔色は黄ばんで冴えなかったが、頭のほうの冴えはなかなか」で、自分の論理で練った策略でドン・キホーテの狂気を終わらせてやろうと企む意地悪なインテリ、を皮肉った命名だろう。

また、後篇で登場するサンチョの友人で、モリスコ（一四九二年カトリック両王がキリスト教で国内を統一した後もスペインに残り、キリスト教に改宗したイスラム教徒）のディエゴ・リコーテも、「モリスコ追放令」によりエスキビアスを離れることになったモリスコたちの中にある名前だ。ほかにも数名、登場人物と同じ名の人間がこの町に住んでいたことが、「セルバンテスの家」に展示されている村の教会の十六世紀の記録（コピー）に見てとれる。

『ドン・キホーテ』の登場人物には、セルバンテスが実際に出会った人々の名前や性格、人柄、行動がいろいろな形で反映されているに違いない。そのユニークなキャラクターたちが、後篇でどんな事件に出くわすのか、ゆっくり楽しむことにしよう。

「セルバンテスの家」（エスキビアス）

第八章 新たな冒険と狂気

ドゥルシネーアに跪くドン・キホーテ（エル・トボーソ）

「奴らがわたしに抱いている悪意と怨念がどこまで及んでいるか、考えてみるがいい。奴らは、わが思い姫の本来のお姿に接して得られるはずの喜びさえ、わしから奪い取ってしまったのだからな」

（後篇第十章）

-Mira hasta dónde se estiende su malicia y la ojeriza que me tienen, pues me han querido privar del contento que pudiera darme ver en su ser a mi señora.

騎士ドン・キホーテと従士サンチョ・パンサは、家族の心配をよそに、友人で学士のサンソン・カラスコの後押しを受けて、再び冒険の旅に出た。主従は旅の初めにまず、騎士の思い姫ドゥルシネーアに冒険に出る許しと祝福を乞うべく、村から北へと歩みを進め、エル・トボーソへ向かう。

●ドゥルシネーア姫、魔法にかけられる⁉

ご存知のように、「麗しきドゥルシネーア」はドン・キホーテの想像の産物。そんな姫君が村にいるはずもない。そのうえサンチョは、主人が姫君本人に会おうとすれば自分が以前ついたウソがバレてしまう、と焦る。というのも、シエラ・モレーナで彼女への手紙を託された際、実際に姫君に面会した、とでたらめな話をしていたからだ。危機を避けるために、従士は村に入った主人を一旦外へと連れだし、村外れの森で待たせ、一人で姫君を探して来ると申し出る。そして道々、最初に出くわす村の娘を、ドゥルシネーア姫に仕立てようと考えた。

ここで注目すべきことは、ドン・キホーテの「狂気の質」が、前篇とは少し違ってくるということだ。騎士はこれまで、風車を「巨人」、羊の群れを「兵士の大軍」と思い込む、というふうに、妄想によって物事が「普通の人とは違ったふうに見える」狂気に、しばしば陥っていた。が、ここからは、「普通の人と同じように現実が見えている」にもかかわらず、それが自分の思い描いている妄想と異なると、現実とは認めず、「魔法使いのせい」でそう見えるのだと決めつけるようになる。

「わしにはな、サンチョ。ロバに乗った三人の百姓女しか見えぬぞ」

サンチョがドゥルシネーア姫一行だと告げる農家の娘たちを見たドン・キホーテは、わが目を疑い、そう言う。と、サンチョはすかさず「やれやれ、なんて情けねえこった！」と叫び、彼女たちの前に進み出て、貴婦人に対するような丁重な挨拶をする。つまり、自分には麗しい姫が見えるのに、主人の目はおかしい、と訴えるのだ。

サンチョの芝居をすっかり信じたドン・キホーテは、すべては自分を憎む魔法使いの仕業だと考え、嘆くことに。

「奴らは、わが思い姫の本来のお姿に接して得られるはずの喜びさえ、わしから奪い取ってしまったのだからな」

●鏡の騎士との決闘

思い姫の美しい姿が目に映らないことに落胆しつつも、老騎士は時間が問題を解決すると信じて、旅を続けることにした。

夜、森で休息をとっていると、そこへ故郷の村の学士サンソン・カラスコ扮する「森の騎士（後に鏡の騎士）」が現れる。実は彼、主従の旅先で自ら騎士に化けてドン・キホーテと決闘をし、勝利することで、われらが騎士の物語に終止符を打とうと、村の司祭と共に企んでいたのだった。

ところが学士は運悪く、決闘に負けてしまう。乗っている馬が言うことを聞かず、ピクリとも動かない状態でドン・キホーテの一撃を食らい、落馬して大けがをしてしまったのだ。

地面に落ちた敵の兜を脱がせたドン・キホーテは、その顔を見てびっくり。サンチョに向かってこう叫ぶ。

「早く来い、サンチョ、来て、目には見えても、とても信じられぬものを見るのじゃ！（中略）魔法使いや妖術師たちの力がどれほどのものか、とくと見るがよいぞ！」

敵が友人である学士にそっくりなことに驚きながらも、主従は何もかもが「魔法使いの仕業」だと考えて、その悪事を懲らしめるために、敵にとどめを刺そうとする。気づいた敵の従士は血相を変えて駆けつけ、自分はサンチョの隣人のトメ・セシアルで、主人は本物のサンソン・カラスコなのだと、命乞いをする。

意識を取り戻した「鏡の騎士（Caballero de los Espejos、鎧に鏡が散りばめられていたので、そう呼び名が変わった。ちなみに、鏡は現実を左右逆に映し出す物であることも、何か暗示的だ）」は負けを認め、ドゥルシネーア姫に決闘の報告をすることなどを約束したおかげで、何とか命を救われる。が、彼は老騎士の狂気を終わらせることには失敗。ドン・キホーテの旅は、まだまだ続くことになったのである。

それにつけてもわれわれ読者を驚愕させるのは、敵の正体を見た後の主従の反応だ。特にサンチョは、敵の従士が隣人トメ・セシアル本人であるとしか思えないと感じながらも、「魔法使いたちが〝鏡の騎士〟を学士カラスコの姿に変えてしまった」という主人の言葉に心を囚

ドン・キホーテと鏡の騎士との戦いを、サンチョは木の上から見守った。

われ、どうしても自分の目が見ている事実を信じきることができなかった。作者曰く、「ドン・キホーテ主従は二人ながら、同じ錯誤から抜けだせないでいたのである。」

●ライオンの騎士の冒険

決闘に勝利し、意気揚々と旅を再開したドン・キホーテは、国王に献上されるために運ばれていたライオンにまで、決闘を挑む。

獣を檻から出すよう詰め寄り、戦う構えで迫り来る騎士の迫力に、ライオン使いは切羽詰まって檻の扉を開ける。と、ライオンはあくびをしたり、寝返りをうったりした後、檻の外に頭を出し、らんらんと輝く眼で辺りをにらみつける。が、檻から出ようとはしない。それで結局、「獣が怖じ気づいた」ということになり、ドン・キホーテが勝利。勇者気分にひたる彼は、それまで「憂い顔の騎士（Caballero de la Triste Figura）と名乗っていたのを、以後「ライオンの騎士（Caballero de los Leones）」と改名し、上機嫌で旅を進める。

ところでライオンとの決闘の前、主従は緑色の外套を着た紳士、後にドン・キホーテが「緑色外套の騎士（Caballero del Verde Gabán）」と命名する、ドン・ディエゴ・デ・ミランダと出会った。ドン・ディエゴは、騎士の狂気を確かめるべく、ふたりを自宅へと招く。

ドン・ディエゴの屋敷では、彼の妻と、息子で詩人の大学生ドン・ロレンソが待ち受けていた。ドン・ディエゴは息子に、騎士といろいろ話をして、その頭のほどを調べるよう促す。

詩に関する深い知識と理解を示す話をしたかと思えば、空想の遍歴の騎士の話を現実として語るドン・キホーテの姿に、ドン・ロレンソは「それにしても気の利いた、なんとも洒落た狂人よ」と心でつぶやき、父親にこう伝える。

「あの人は狂気のなかに素晴らしい正気を交錯する変わった狂人ですよ」

洒落た狂人とその従士は結局四日間、ドン・ディエゴ一家のもてなしを受けた。

ビジャヌエバ・デ・ロス・インファンテスには、この「緑色外套の騎士」の家のモデルではないかといわれる十六世紀の屋敷がある。

「二階には、恐らく二十以上の部屋があります。今はそれを七つの独立したアパートに分けて、人に貸しているんです」

中庭の掃除に来ていた、現家主の息子の妻だという女性が、そう教えてくれた。屋敷には、後篇第十八章に描かれているような光景がある。

「通りに面した表口の上方には、粗石づくりながらも、堂々とした家紋が飾られていた。中庭には酒倉、また玄関の土間には食糧貯蔵庫があり――」

「緑色外套の騎士」の家を出た後、主従はラ・マンチャ中部の村、ムネーラ（Munera）近くの草原で、長者カマーチョと美女キテリアの盛大な婚礼の宴に遭遇。大事件に巻き込まれる。

キテリアの意中の人で、幼なじみの青年バシリオが突然、祝いの席に現れ、自殺を図ったのだ。瀕死の状態に見えた彼は、「キテリアの夫として息をひきとりたい」と嘆願。どうせ死ぬのだからという周囲の助言で、新郎カマーチョは、新婦キテリアがバシリオの妻になると宣誓することを許す。と、宣誓直後にバシリオが、死ぬどころか元気に立ち上がり、キテリアと二人で自分たちの結婚を正当化してしまうのだ。

この大芝居、最後は「ライオンの騎士」が、怒り復讐しようとするカマーチョとバシリオたちの間に捨て身で割って入り、恋愛と戦争においては、敵を倒す策略を立てるのは当たり前だ、と熱弁。まして長者であるカマーチョと違い、キテリアの愛以外に財産のないバシリオからそれを奪うことはならない、と新郎側を説き伏せて、劇的に幕を閉じることになる。

●モンテシーノスの洞穴の謎

ムネーラの西には、エメラルドグリーンの水を湛える湖群、ルイデーラ（Ruidera）がある。休日には、湖岸でゆったりと過ごす家族連れやカップルで賑わう場所だ。これらの湖は、「（騎士道物語の中で、フランス国境に近い村）ロンセスバーリェスでの戦いに敗れた騎士ドゥランダルテの思い姫ベレルマに仕えた老女ルイデーラの七人の娘と二人の姪が、賢人メルリンの魔法で姿を変えたもの」だと、ドン・キホーテは言う。

湖の近くにある伝説の場所、「モンテシーノスの洞穴（Cueva de Montesinos）」に冒険を求めて入ったドン・キホーテは、穴の底で「騎士ドゥランダルテの親友モンテシーノス」に会う。モンテシーノスは彼に、自分は洞穴の奥深くの宮殿でドゥランダルテの侍女らと共に何百年も過ごしてきた、と語り始める…。

　この洞穴での出来事について、セルバンテスは「原作者」の名を借りて、こう漏らしている。

「ドン・キホーテがいよいよ臨終というときになってこの冒険を取り消し、その際、自分が愛読した物語の中に出てくるもろもろの冒険に合致するうえ、その場にふさわしい話のように思われたので、勝手に創りあげたのだと告白したというのは、たしかなことと思われているが。」

　というのも、ドン・キホーテが洞穴で体験したと話したことは、極端に現実離れしているからだ。ほんの半時間ほどしか洞穴の底にいなかったにもかかわらず、丸三日間モンテシーノスたちと過ごしたと語り、おまけにドゥルシネーア姫までがそこに現れたというのだから。

「カマーチョの婚礼」のレリーフ（ムネーラ）

すでにお気づきのように、モンテシーノスらは騎士道物語の登場人物で、彼らも思い姫ドゥルシネーアも実在しない。つまり、すべては夢物語でしかあり得ないのだ。

　ともあれ、この洞穴でドン・キホーテが体験（恐らく夢想）した謎めいた出来事は、後の主従の運命に大きく影響を及ぼすことになる。その真相はこの後、ふたりと旅を続けていく私たちにも、いずれ明らかになる。

　ルイデーラ湖付近をドライブする機会があれば、ぜひ「モンテシーノスの洞穴」にも入ってみていただきたい。

「モンテシーノスの洞穴」

湖群とその東の村オッサ・デ・モンティエル（Ossa de Montiel）の間の山間部にあり、観光ルートにもなっているので、道にはちゃんと場所を示す標識が立っている。但し、洞穴の中は暗いので、懐中電灯を持って行くことが肝心だ。

われらが騎士が命綱をつけて穴の奥へと下りて行く様子や、そこで過ごした三日間の滞在話からは、洞穴が相当深いイメージを抱くが、実際には浅くて奥が広い。想像力を発揮して、闇に騎士の冒険話を投影してみれば、あなたも騎士道物語の登場人物になれる。

私たちが訪れた際、母親に連れられ、洞穴内部を見学して出てきた幼女は、そこで見た何かに取りつかれたのか、もう一度穴の中へ戻りたいと、しばし泣き叫んでやまなかった。

★サンチョも大満足請合い、オーガニックワイン
El vino ecológico, para Sancho

スペインでは時代と共に、食卓には必ずワイン、旅をする際は皮袋にワイン（サンチョのように！）、という習慣がやや薄れてきた。そのため、国産ワインの新たな楽しみ方が求められている。そこで、「ワイナリーを巡る旅」が提案され、人気を集めるように。今では、しゃれたホテル付きのワイナリーまで登場し、ワイン好きの休日を演出している。

ラ・マンチャにも、「ワインの道（Caminos del vino）」と呼ばれるワイナリー巡りの観光ルートがある。スペイン中に存在するワインルート（rutas del vino）の一部だ。

このルートに含まれるワイナリーのひとつ、オーガニックワイン（vinos ecológicos）を作る「ボデーガ・ラ・テルシア（Bodega La Tercia）」を訪ねた。

社長は三十代のヘスス・サンチェス・アテオスさん。二十世紀初めまでワイナリーとして使われ、後に個人住宅になっていた建物を、一九九五年に買い取り、ワイナリーを復活させた。エコにこだわるため、彼と作業員一名の二人だけで、三十三ヘクタールの土地での有機農業によるブドウ栽培と収穫、ワイン作りのすべてをこなしている。ヘススさんは言う。

「ラ・マンチャでは、冬は極端に冷え込み、夏は極端に暑いんです。だから、ブドウに害虫やカビがつきにくく、有機農業に向いているのです」

ワイン作りは、この地方の伝統だ。昔はこの町でも農民一人ひとりが、自宅でワインを作っていたという。ラ・マンチャには、年間何千万リットルものワインを製造するメーカーがいくつもある。が、ヘススさんの所では、年間六万リットル程度しか作らず、そのうちオリジナルラベルのボトルで売られるのは、三年物の赤と白、五年物の赤、の計三万本だけだ。

「すべてを自然な状態で作ることにこだわると、そんなに大量には作れませんよ」

と、ヘススさん。ボトルに入る保存剤の量も、通常のワインの約三分の一というから、まさに「自然の味」だ。セルバンテスの時代には、保存剤代わりに硫黄を燃やして出るガスを素焼のワイン瓶《がめ》に吹き込み、ローマ時代には瓶《かめ》に入ったワインの表面をオイルで覆って保管した、と教えてくれた。

ワイナリー見学の後、五年物の赤を試飲してみた。コクがあるうえ、ブドウの爽やかさが残る味わいだ。一本五ユーロ（約七百円）。旅の途中、同価格の赤を何種類か飲んだが、ヘススさんの赤は、そのどれよりも「ブドウ酒」らしい味だった。サンチョも大満足の一本だろう。

エコへのこだわりの強いイギリスやドイツ、スイスからの注文が多いそうだが、日本の皆さんも一度ヘススさんのワインを試してみては？

Bodega La Tercia
tel & fax : 926-550104
www.bodegalatercia.com

El caballero y su escudero con la duquesa y el duque

第九章 主従と読者「公爵夫妻」

「島」を統治することになったサンチョ（アルカラ・デ・エブロ）

「もしかして、あなたのご主人というのは、いま出版されて世に出まわっている『機知に富んだ郷士ドン・キホーテ・デ・ラ・マンチャ』という人物の物語の主人公で、ドゥルシネーア・デル・トボーソとかいう方を思い姫にしていらっしゃる騎士じゃありませんこと？」

（後篇第三十章）

-Este vuestro señor, ¿no es uno de quien anda impresa una historia que se llama del Ingenioso Hidalgo don Quijote de la Mancha, que tiene por su señora de su alma a una tal Dulcinea del Toboso?

El caballero y su escudero con la duquesa y el duque

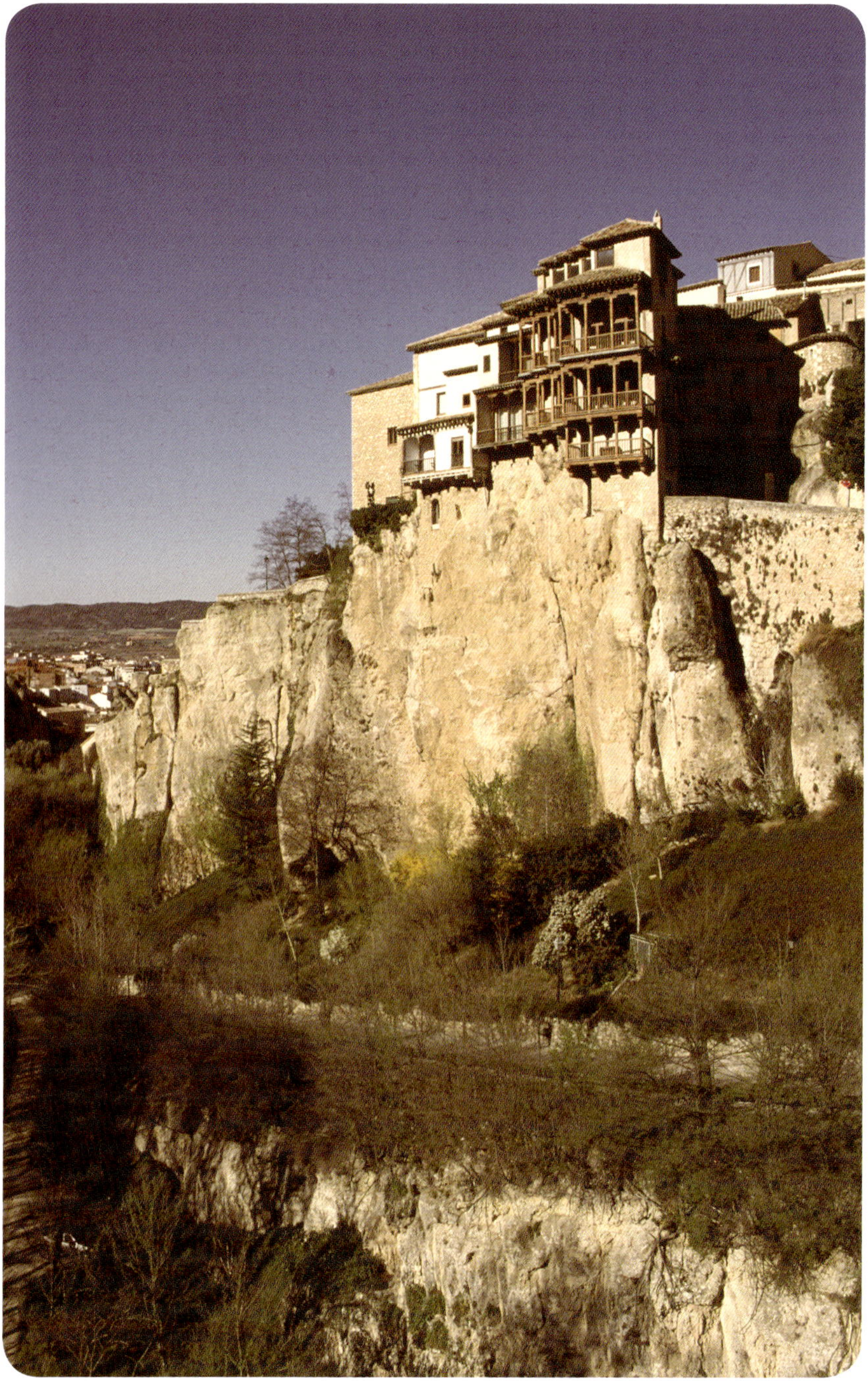

クエンカ

ドン・キホーテは従士サンチョ・パンサを従え、マドリードからバルセローナ（Barcelona）に向かう途中にあるアラゴン地方の古都サラゴサ（Zaragoza）で行われる馬上槍試合に出るべく、ラ・マンチャを北上。恐らくクエンカ（Cuenca）辺りを通って、進んで行った。クエンカは、世界遺産に指定されている、山地の断崖の上に作られた中世の城壁都市だ。

●読者「公爵夫妻」の悪ふざけ

更に北へと歩みを進め、数々のハプニングに見舞われながらアラゴン地方にたどりついたふたりは、草原で鷹狩りを楽しむ、ある公爵夫妻に出会う。

ドン・キホーテはサンチョに、貴婦人のもとへ行き、「(以前は愁い顔の騎士を名乗っていた）ライオンの騎士」が挨拶をしたがっていると告げるよう、命じる。そうして現れたサンチョの言葉を聞いた公爵夫人は、夫と共に愛読している物語のことを思い出した。

「あなたのご主人というのは、いま出版されて世に出まわっている『機知に富んだ郷士ドン・キホーテ・デ・ラ・マンチャ』という人物の物語の主人公で、ドゥルシネーア・デル・トボーソとかいう方を思い姫にしていらっしゃる騎士じゃありませんこと？」

サンチョがその通りだと答えると、夫人は自分たちの楽しみのために、夫とある悪ふざけを思いつく。主従を自分たちの城に招待し、二人が滞在している間、ドン・キホーテの狂気に調子を合わせた様々な「事件」を起こそうと考えたのだ。公爵は、主従に言う。

「城において、あなたのような高潔な客人になされるのが当然の歓迎、わたしと妻の公爵夫人が、城に立ち寄るすべての遍歴の騎士に対してするのを常としている歓待をさせていただくつもりですから」

皮肉なことにドン・キホーテは、公爵夫妻の仰々しく華やかな歓迎を受けたために、「その日はじめて、自分が空想上の騎士ではなく、正真正銘の遍歴の騎士であることを認め、確信するにいたった」と、作者は書く。

おまけに、それまでの苦労に懲りて、もう遍歴の騎士の従士を辞めて故郷へ帰ろうと考えていたサンチョまでが、すっかり上機嫌になってしまう。おかげで公爵夫妻の企みは、どんどんエスカレートして…。

●ドゥルシネーア姫の魔法を解く方法

サンチョの口から、「モンテシーノスの洞穴」での出来事が公爵夫人に語られたことをきっかけに、夫妻はとんでもない芝居を企てる。森で狩りをしていると突然、魔法使いの軍勢が現れ、ドン・キホーテが「モンテシーノスの洞穴」に閉じ込められていると思っていたドゥルシネーア姫を、連れて来るのだ。もちろん、魔法使いも姫も皆、公爵夫妻の家来たちが扮する偽者なのだが。

そのうえ、悪魔を父に持つ伝説の賢人メルリンまで登場し、姫は今魔法で農家の娘に姿を変えられてしまっている、と語って、「魔法を解く方法」を告げる。

「従士サンチョ・パンサがそのたくましい尻をむき出しにして、そこに三千三百の鞭をみずから加え、耐えがたき痛みに苦しむを要するなり」

このとんでもない話にサンチョが激怒し、姫の魔法が解けなくても構わないと言い放ったために、主従は大ゲンカになってしまった。が、そこへドゥルシネーア姫を演じる娘が割って入り、「メルリンの力で一時的に元にもどった」美しい姿をみせて、姫君らしからぬ口調でサンチョに訴える。

「さあ、その大きなお尻に、びしびしと鞭を当てるのよ、（中略）ただただ食べることだけに集中しているお前の精力を、あたしの肌の滑らかさと、あたしの物腰のしとやかさと、あたしの顔の美しさを回復するために差し向けてちょうだい」

サンチョはとうとう姫君本人（?!）と周囲の訴えに応じて、公爵が「ドン・キホーテ殿になりかわって」与えると約束した領地＝島と引き替えに、「鞭打ち」を引き受ける決心をする。

公爵の城（？）（ペドローラ）

「ええい、そんならひと肌脱ぐとするか！」

最終的には、一同がそろって「麗しいドゥルシネーア姫」の境遇を憐れんだことをきっかけに、サンチョまでが姫の存在を「本気で」信じるようになってしまった。そして公爵夫妻の企みが進むにつれ、彼は主人ドン・キホーテ同様に、辻褄の合わないことを「魔法使い」のせいにするようになる。従士の狂気は主人のそれに近づいていくのだ。

●サンチョ、ついに島の領主になる！

鞭打ちを実行することを条件に、念願だった自分の領地「島（といっても、海にある島ではない）」を手にしたサンチョは、いよいよ公爵の所領の中で最も素晴らしい村だという、バラタリアに到着する。

サラゴサの北西三十八キロに、バラタリアのモデルだ

といわれる人口三百人ほどの小さな村、アルカラ・デ・エブロ(Alcalá de Ebro)がある。村の外れには、領主となった気苦労のせいか、物思いにふけるサンチョの銅像が置かれている。ここは、村のまわりを西から北、東、そして南へと流れるエブロ川が氾濫すると、畑が浸水し四方を水で囲まれ、孤立した「島」のような状態になったことから、「サンチョの島」に違いないと考えられるようになった。

更にはセルバンテスの時代、村は南西へ数キロほどの所にある町ペドローラ(Pedrola)に住むビジャエルモーサ公爵の領地だったため、この公爵こそが、小説に登場する「公爵夫妻」のモデルではないかというわけだ。ちなみに、セルバンテスは一五六九年頃、イタリアへ向かうフリオ・アグアビーバ卿、すなわち後にイタリアで彼の主人となる人物と共に、この公爵の屋敷に滞在したのではないかともいわれている。

エブロ川

もっともアルカラ・デ・エブロには、サンチョが住民に迎えられ領主着任の儀式を受けた「大聖堂」も、領主として暮らした「壮麗な宮殿」もない。そのイメージを湧かせるにはむしろ、サラゴサとマドリードの間に位置する美しい町、シグエンサ（Sigüenza）を訪ねることをお勧めする。五世紀にイベリア半島に侵入した西ゴート族によって築かれた城が、アラブ人の要塞、司教館を経て、現在パラドール（parador）と呼ばれる国営ホテルとして利用されており、サンチョの宮殿を思わせる。パラドールから見下ろす中世風の町には、十二世紀の立派な大聖堂がそびえ立つ。

ちなみに、主従の故郷の村の司祭は、この町の大学で学んだことになっている。当時、「一流大学」といえば、セルバンテスの生まれ故郷であるアルカラ・デ・エナーレスにあった（今はマドリードにある）コンプルテンセ大学やサラマンカの大学で、シグエンサ大学は「三流」だった。つまり、司祭の知性のほどを皮肉ったのだろう。とはいえ、セルバンテスは、富や権力や学歴を振りかざす連中に限って、概して庶民より無知で性悪だと考えていたようだから、学歴とは関係なく司祭の人柄や思慮深さは評価できる、と言いたかったのかもしれない。

さてさて、バラタリア領主となったサンチョは、周囲の予想とは裏腹に、名領主ぶりを発揮。公爵夫妻の指示で村人がわざと持ちかける難題を、次々と解決してしまう。生活の知恵に長け、周囲の人々の言動をつぶさに観察しては類い希な記憶力で覚えている彼は、住民が「賢王ソロモン（紀元前一世紀のイスラエルの王）の生まれ変わりかと思った」ほど、経験に基づく素晴らしい判断のできる領主になったのだ。

そんなサンチョの成功を喜びながらも、独り寂しく過ごしていたのは、ドン・キホーテだ。領主というサンチョの任務を解いてしまいたいほどの孤独感に襲われ、公爵夫妻の城で悶々とした日々を過ごすことに。

ところが運命は、意外な展開をみせる。「島」の領主として暮らしていたサンチョは、統治七日目になって、せっかく手にした領地を捨てて、主人のもとへ帰ろうと決意するのだ。

公爵夫妻の企みで、ごちそうを取り上げられたり、スパイに狙われていると脅されたり、やたらに重い鎧を身に着けさせられたりしたサンチョ。「鞭打ち」を引き受けてまで島の領主になることを望んだ自分の判断の誤りを悔やみ、ドン・キホーテの従士に戻る気になって、旅の友である自分のロバにこう話しかける。

「おいらがお前を見捨てて、野心と傲慢の塔に登ってからというもの、おいらの魂のなかに限りない悲しみと気苦労、そして、さらに数多くの不安が入り込んだのよ」

そして公爵夫妻の城へ帰り、主人と再び旅に出ることにする。

愛しい従士の帰還に、「遍歴の騎士ドン・キホーテ」が息を吹き返したことは言うまでもない。公爵夫妻の城を離れ、意気揚々と広い野原に出て、やっと自分の本来の持ち場に戻ったような気がしたと、こう述べる。

「サンチョよ、自由というのは天が人間に与えたもうた、もっとも貴重な贈り物のひとつであってな、大地が蔵し、大洋がその内に秘めておるいかなる財宝といえども、これには遠く及ばぬ」

かくして狂気の主従は本来の旅暮らしへと、めでたく復帰するのであった。

シグエンサの大聖堂

GRUPO ESCOLAR DE RADIO
LOJA

映画にもなった「狂女王フアナ」(トルデシーリャス)

Aparece su falsificación

「わたしがこの続篇でいちばん気にいらないのは、ドン・キホーテを、すでにドゥルシネーア・デル・トボーソへの恋から覚めた騎士として描いているところです」

（後篇第五十章）

-Lo que a mí en este más desplace es que pinta a don Quijote ya desenamorado de Dulcinea del Toboso.

贋のドン・キホーテが入れられた精神病院（トレード）

新たな旅の途中、滞在した旅籠でサンチョとドン・キホーテは、隣の部屋から聞こえてきた次のような会話に、大いに驚かされることとなった。

●聞き捨てならぬ話

「ドン・ヘロニモさん、夕食がはこばれてくるまでのあいだに、『ドン・キホーテ・デ・ラ・マンチャ』の続篇をもう一章、読んでみようじゃありませんか」

「あなたはまたなんだって、あんなでたらめな話を読みつづけたいんです？」

なんと、自分たちの物語の後篇がすでに出回っているというではないか。しかも、隣の部屋の紳士たちの話の内容からすると、どうもその物語はひどいできらしい。

会話の続きに耳を傾けていると、ついにはこんな声が。

「わたしがこの続篇でいちばん気にいらないのは、ドン・キホーテを、すでにドゥルシネーア・デル・トボーソへの恋から覚めた騎士として描いているところです」

それを聞いた騎士は激怒し、声を荒げて怒鳴った。

「ドン・キホーテ・デ・ラ・マンチャがドゥルシネーア・デル・トボーソを忘れたとか、忘れるやもしれぬなどと申す者は、どこの誰であれ、それが真実からほど遠いことを、同じ武器を手にしての戦いで拙者が教えてみせようぞ」

実はこの怒り、ドン・キホーテというよりもむしろ、作者セルバンテスの怒りであるといえよう。というのも現実に、セルバンテスが後篇を執筆している真っ最中、まったく別の人物が贋作を出版したからだ。それを知ったセルバンテスは、後篇の中でわざとその存在を持ち出しては、徹底的に批判することになる。

「（贋作には）ちょっと目を通しただけでござるが、それでもこの作者の記述に三つばかり非難すべき点がありましたな」（ドン・キホーテのセリフ）

●贋作を書いたのは誰？

一六一四年秋、「トルデシーリャス（Tordesillas）出身のアロンソ・フェルナンデス・デ・アベリャネーダ（Alonso Fernández de Avellaneda）作」とされる『ドン・キホーテ後篇』が、マドリードの書店に並んだ。セルバンテスは、その前年に発表した別の作品の序文で『ドン・キホーテ』

の後篇を出すことを予告しているが、本物が世に出る前に贋作が出版されたのだ。

セルバンテスが贋作の出現を知ったのは、前述の旅籠でのやりとりが書かれている後篇第五十九章（後篇は第七十四章まで）を執筆中のことであろうと考えられる。結果、彼は大急ぎで「本物」を世に送り出すことを余儀なくされ、また、二度と贋作が出せないような結末を、『ドン・キホーテ』に与えることになった。

セルバンテスを驚かせたアベリャネーダなる作家は、実は存在しない。贋作では、作者名が偽名であるだけでなく、印刷所も架空のもの、書物の印刷を許可する認証までが偽物ときている。出版物には検閲があった当時、許可なしにどうやって印刷、出版できたのかすら、謎だ。

そんなお騒がせな本を出した「アベリャネーダ」の正体は？ 様々な説が立てられてきたが、結論は出ていない。が、セルバンテス自身が書いているように、文章や言葉にアラゴン訛りがあり、アラゴン地方の古都サラゴサ付近の地理に詳しい様子から、アラゴン出身者ではないかといわれている。それなのに本人が「トルデシーリャス出身」と書いたのは、恐らくセルバンテスの出身地が首都マドリード近郊のアルカラ・デ・エナーレスであることに、向こうを張ってのことだろう。トルデシーリャスは、かつてカスティーリャ王国の首都だったバリャドリード近郊にある。一四九四年スペインとポルトガルが世界を二分した「トルデシーリャス条約」で有名な町だ。

もう一つ、「アベリャネーダ」はカトリック教のドミニコ会士、もしくはそれに近い宗教的関心と知識を持つ人間ではないか、とも考えられている。作品中に何度も、ドミニコ会が伝道する「ロザリオの聖母マリアへの信仰」に関わる表現や、聖書と神学専門書からの引用が登場するからだ。

いずれにせよ「アベリャネーダ」は、恐らくセルバンテスよりも若く、彼と何らかのつながりがあり、ベストセラー作家にライバル意識か敵意を抱く人物だったのだろう。自作品の序文において、セルバンテスが書いた前篇の序文を、自慢げであると批判。また、セルバンテスについては、「気力だけは若者なみに盛んな老兵であられるので、手先よりも口先ばかりが達者である」、「寄る年波にすっかり気むずかしくなり、ことごとくがお気に召さず、しかるがゆえに友人もない」などとこきおろしている。

●贋作を作品に取り込み、斬る！

セルバンテスが贋作の存在を決して快く思わなかったことは、明白だ。が、一方でその存在を自作品の流れに生かしているところが、心憎い。後篇の登場人物たちは時折、贋作に触れ、そこから新たな話を展開する。これは、彼らが前篇の話をするのと同じく、「小説の中の架空の人物たちが現実の小説のことを語る」という、セルバンテスの斬新なアイディアだ。

自分の偽者がサラゴサの馬上槍試合に向かったことを知ったドン・キホーテは、「そういうことなら、拙者はサラゴサには一歩たりとも足を踏み入れぬことにいたそう」と語り、サラゴサに行く予定を変更、バルセローナへ向かうことにする。

そうしてたどりついたバルセローナでは、偶然通りかかった印刷所で贋作の増刷準備の現場に遭遇し、思わずこんなセリフを吐く。

「それがしの良心にかけて正直なところを申し上げると、それはあまりにもぶしつけな本であるがゆえに、もうとっくに焼かれて灰になっているものと思っておりましたぞ」

バルセローナの旧市街には、その「印刷所」のモデルではないかと思われる建物が残っている。

物語の終盤、数々の冒険の末に故郷への道をたどる主従は、途中ドン・アルバロ・タルフェという紳士に出会う。彼は贋作において、偽の主従がサラゴサへ行くのに同行し、その後偽者ドン・キホーテをトレードの精神病院へ連れていった人物である。（そう、偽者ドン・キホーテはなんと、精神病院に入ってしまうのだ！しかも彼はその後「退院」し、しばらくしてまた騎士となって滑稽な旅を続ける。）

ドン・アルバロ・タルフェは、本物の主従の機知に富んだ物言いを聞いて、「自分がそれまで共に過ごしてきた二人」は、実は愚かな偽者であったことに気がつく。

「それにしても、名前はまったく同じでありながら、することなすことがかくも異なる二人のドン・キホーテと二人のサンチョ・パンサに出くわすとは、なんたる驚きでしょう」

こうしてセルバンテスは、主従の名誉を守り、自らの作品の素晴らしさとオリジナリティを読者に訴えたのだった。

贋作はここで印刷されていた（バルセローナ）

ここで馬上槍試合が行われた（？）（サラゴサ）

★ドン・キホーテを魅了した騎士道物語
Libros de caballerías que encantaron al Quijote

騎士道物語とは?

「読書がやみつきになった郷士（ドン・キホーテ）は、こともあろうに、読みたい騎士道物語を買うために何ファネーガもの畑地を売りはらい、その種の本で手に入るものをすべて買いこんだ」（前篇第一章）

ドン・キホーテの狂気の「生みの親」とも言うべき、「騎士道物語」は、日本人には馴染みが薄いが、有名なものとしては、『アーサー王物語』があげられるだろう。アーサーは歴史的記録から実在の人物だと考えられているが、彼と円卓の騎士の物語は、ほとんど完全なフィクションだ。キリスト教的価値観が支配する中世ヨーロッパで、その正義のために戦う騎士たちの冒険とロマンスを描いた「騎士道物語」そのものと言える。

「騎士道物語」は大抵、カッコいい騎士が見知らぬ土地を旅し、美しい貴婦人（ドン・キホーテの言う「思い姫」）と彼女ゆかりの土地の人々を苦しめている敵をやっつけ、王に認められる、というストーリー展開を持つ。「敵」はしばしば人間ではなく、ドラゴンや巨人など。アーサー王も、聖剣エクスカリバーを手にした時から王となる運命を背負い、魔法使いマーリンの助けで名君に成長、巨人退治やローマ遠征など、現実離れした冒険を重ねていく。まさに大ヒット映画『ロード・オブ・ザ・リング』のような世界だ。実際に、今私

たちが本で読んだり、映画で観たりする欧米の英雄的ファンタジー物語の多くは、こうした「騎士道物語」から発展してできたと考えられる。

中世ヨーロッパで大流行した当時は、読み書きができない人が多かったため、書物としてではなく、吟遊詩人の歌で人々に伝わっていった。同じテーマ・主人公の話でも、様々なバージョンがあり、ひとつの物語から、新たな物語が生み出された。つまり、現代まで伝わっている物語は、その中でも最もポピュラーになったもの、というわけだ。

ドン・キホーテのお気に入り

スペインでは、ほかのヨーロッパ諸国よりも半世紀ほど遅い、十五世紀後半から十七世紀初めにかけて、独自の「騎士道物語」が流行する。スペインの作品はどれも、何一つ「歴史的事実」と一致する要素がない話であるのに、「本当の出来事だ」という体裁をとっていることが、特徴だ。ドン・キホーテがお気に入りの騎士「アマディス・デ・ガウラ」も、百パーセント架空の人物で、アーサー王のように「史料に同名の王の記録がある」というような歴史的事実との関連は、まったくない。そんな「架空のヒーロー」の活躍と、その兄弟や従兄弟といった「一族の物語」が語られる、というパターンで、スペインの騎士道物語ブームは続いた。

架空の騎士たちは不死身で、かつキリスト教徒の鏡。名声と思い姫への愛のために、巨人や怪物、魔法使い、あるいはイスラム教徒らと戦う。その冒険には魔法がつきもので、魔法のせいであり得ない場所に来たり、尋常でない早さで旅をしたりと、不思議な体験をする。そのほかの特色は、ドン・キホーテの言動から想像できるだろう。

『アマディス・デ・ガウラ』(ガルシ・ロドリゲス・デ・モンタルボ著/全四巻)のストーリーを簡単にご紹介すると、こんな感じだ。

ブルターニュの王ペリオン・デ・ガウラとエリセーナ姫の秘かな愛の結晶として生まれたアマディスは、小舟に乗せられ漂っていたところを、騎士ガンダーレスに救われ、育てられる。成長した彼は、妖術師ウルガンダに守られながら、自らのルーツを探る冒険の旅に出て、魔法使いアルカラウスらと戦う。魔法の矢を使って怪物エンドリアーゴを倒し、弟ガラオールとの再会を果たす。その後も、ブリテンの王リスアルテの娘であるオリアーナ姫への愛のために、数々の危険な冒険に立ち向かい、やがて姫と結ばれる―

この作品は、スペイン騎士道物語のモデルとなったといわれ、高く評価されている。『ドン・キホーテ』の中でも、われらが騎士が最初の旅から帰宅した折、その狂気の原因となった書物を処分しようと考えた村の司祭と床屋が、どの本を焼き払うかを議論して、言う。

「これこそスペインで印刷された最初の騎士道本であり、他のものはすべてこれを鼻祖とし、これを手本にしているということだからです。したがって、かくも悪しき宗派の教義を説いた祖師として、情け容赦なく火あぶりの刑に処してしかるべきと思われますな」（司祭）

「いや、それはいけません、司祭さん」

「わしの聞知したところでは、それはまた、これまでに書かれたその種の物語のなかで最も優れた書ということですよ―」（床屋）

こうしたやりとりの末に、『アマディス・デ・ガウラ』は、焚書を免れた！

それにしても、このふたりの話を聞いていると、彼らも騎士道物語をよく読み知っていることがわかる。当時スペインの人々が社会的身分に関係なく、いかにこの手の物語に熱狂していたかがうかがえるというものだ。十七世紀に入り、流行にかげりが見えていたところへ、とどめを刺したのが、あらゆる現実的教訓と思考をベースに書かれたセルバンテスの小説『ドン・キホーテ』だった。

剣を作る工場（トレード）

スペインの小さな町のセマナ・サンタ

セルバンテスの時代には、すでにセマナ・サンタ（聖週間）は行われていた。『ドン・キホーテ』にも何度か、異様な服装をした人々や、輿が登場する。

セマナ・サンタとは、約一週間にわたってイエスのエルサレム入城から受難、復活までを再現し偲ぶ、スペイン全国で行われる宗教行事である。

JHS

FITERIA
EXQUISITOS
ROSCOS
ALIMEN
CONGELAD

DRA
PALOMA

第十一章「現実の冒険」との遭遇

「おお勇猛果敢なロケ殿、そなたの名声はこの世に限なく轟きわたっておりますぞ！ 実を申しますと、ロケ殿、拙者はそなたの掌中に落ちたことを嘆いておるのではござらぬ」

（後篇第六十章）

-No es mi tristeza -respondió don Quijote- haber caído en tu poder, oh valeroso Roque, cuya fama no hay límites en la tierra que la encierren.

贋作出現のせいで、ドン・キホーテとサンチョ・パンサは、旅の進路変更を余儀なくされた。ふたりは、サラゴサに姿を現したという自分たちの偽者と行動を異にすることで、その正体を暴こうと思案。サラゴサ行きをやめ、カタルーニャ地方の都市バルセローナを目指す。

スペイン中央部から北東にあるこの地中海の港町へと進むと、街に入る手前で、丘や森林、岩山が多い地域を通過することになる。カタルーニャの天才建築家ガウディにインスピレーションを与えたという、かの有名な岩山モンセラット（Monserrat）も、そのひとつだ。この山間部、小さな村が点在するだけの静けさの中を、徒歩や馬で旅をした人々は、しばしば出没するという山賊にさぞかし怯えたことだろう。

●主従、大盗賊に翻弄される

この辺りの林で休んでいた主従は突然、四十数人の盗賊に取り囲まれる。下っ端連中がふたりの荷物を漁り始めたところへ、首領が登場。手下をいさめてドン・キホーテに話しかけた。

「そんな悲しげな顔をなさるな、騎士の方」

首領の名は、ロケ・ギナール。それを知ったドン・キホーテは、

「おお勇猛果敢なロケ殿！　そなたの名声はこの世に隈なく轟きわたっておりますぞ！　実を申しますと、ロケ殿、拙者はそなたの掌中に落ちたことを嘆いておるのではござらぬ」

と応じる。続いて、遍歴の騎士でありながら油断していたことを悔いているのだと語ったうえで、自分も名乗った。

このロケ・ギナールという男のモデルは実在の人物で、当時カタルーニャ地方で横行していた盗賊団の中で最も大きなグループの首領、ペロット・ロカギナルダ（Perot Rocaguinarda）だ。

ロカギナルダは、「ねずみ小僧」のような義賊だったといわれ、後にカタルーニャ副王の恩赦の呼びかけに応じて投降、赦免を得て、国王のために一六一一年、スペイン歩兵連隊の指揮官としてナポリに渡った。セルバンテスは、「レパントの海戦（一五七一年）」に参戦した若き日の自分自身と同じくナポリで活躍した勇敢なロカギナルダを、好意を持って描いている。

ドン・キホーテは、実在の大盗賊の「本物の冒険」に接するうちに、しだいに無力感を抱き始める。というのも、美しい乙女が助けを求めてきた際、力になろうと申し出たのに、ロケがその言葉に耳を貸さず、さっさとひとりで問題を解決してしまったからだ。また、ロケが手下の見つけてきた「獲物」＝旅の紳士と貴婦人、巡礼者たちに対し、盗賊とは思えぬ公正で寛大な態度で接した時も、ドン・キホーテはその様子をただ驚きの目で見つめるばかりだった。

セルバンテスは、ロケの生活を「すべてが危険にさらされた奇妙な冒険」と表現し、「ドン・キホーテは三日三晩をロケとともに過したが、たとえ三百年いっしょに暮らしたとしても、彼の生活ぶりには、見るべきもの、驚嘆すべきことが尽きることはなかったであろう」と書く。まるで、「本物の冒険」はドン・キホーテの妄想を遥かに超えるものだ、とでも言うかのように。

●ドン・キホーテは海の戦いが苦手？

ロケに導かれてバルセローナに着いたドン・キホーテとサンチョ・パンサは、浜辺で夜を明かした後、ロケの親友だという街の紳士、ドン・アントニオ・モレーノとその友人たちに出迎えられた。この時代、カタルーニャの盗賊は、実際に街の有力者や小貴族のグループに庇護されていたという。だから、ロケにもドン・アントニオのような友人がいたのだろう。

「心より歓迎いたしますぞ、勇敢なるドン・キホーテ・デ・ラ・マンチャ殿！　近ごろ出まわっている偽の物語がわれわれに示している、虚構にしていかさまの、えたいの知れぬドン・キホーテではなく、作家のなかの華たるシデ・ハメーテ・ベネンヘーリが描いた正真正銘にして正統なるドン・キホーテ殿！」

ドン・アントニオは、セルバンテスの心そのままに、贋作とは段違いに素晴らしい本物の『ドン・キホーテ』の主人公に会えた光栄を、大げさに表現する。そして主従を自宅へと招く。

「聡明にして裕福な紳士で、罪のない愉快ないたずらに興じることの大好きな男であった」彼は、ある時は騎士に厚手のマントを着せ、その背中に内緒で「この者はドン・キホーテ・デ・ラ・マンチャなり」と書いた羊皮紙を貼ってラバで散歩させ、周囲と騎士の反応を楽しんだ。またある時は、青銅の胸像の下に人を忍ばせて、「どんな質問にも答えられる魔法の首」だと言って、ドン・キホーテらに質問をさせた。そのいたずらには、あの公爵夫妻の悪ふざけと異なり、騎士らを傷つけないよう配慮がされていたと、作者は述べる。富と地位を笠に着た貴族の醜い振る舞いを嫌悪し、庶民の側に立つ街の若い紳士に共感するセルバンテスの意思の反映だろう。

そんないたずらより何より、騎士にとって一番手強かったのは、またしても現れた「本物の冒険」だ。

その日、主従はドン・アントニオに誘われ、港に停泊しているスペインのガレー船を見物に出かけた。本来ならば、ここでまた冒険に出会うことを期待していたことだろう。ところが、初めて乗るガレー船の船内活動の目まぐるしさに驚く余り、イスラム教徒の海賊船を追跡するという、とっておきの任務が持ち上がっても、騎士は「見物役」にまわってしまう。

海を見るのも初めてだったのだから仕方のないことかもしれないが、本物の騎士であれば、当然ここで戦いの先頭に立つはず。だのにドン・キホーテは、自ら出番を逃してしまった。結果、海賊船はガレー船乗組員たちの活躍で捕らえられることとなった。

手柄をあげたガレー船の提督や駆けつけたバルセローナ副王、そのほか現場に居合わせた人々はその後、捕獲した海賊船の船長が美しい女性だと知って、仰天する。それは、キリスト教に改宗したイスラム教徒＝「モリスコ」の娘だった。彼女は一同に、身の上話をする。

自分は、生まれた時から敬虔なキリスト教徒であるにもかかわらず、親がモリスコだというだけで「モリスコ追放令」によりスペインを追われ、叔父夫婦やスペイン人の恋人と共に、アルジェへ渡った。しかし、恋人は囚われ、自分はアルジェの王の命令で、父親が故郷の村に隠した財宝を運び出すために、船を与えられて戻って来た。ところが、海賊行為を働こうと企むトルコ人船員のせいで、このような形で捕まることになってしまった、と。

娘の話に感じ入った一同は、彼女の恋人の救出に協力しようと考え、偶然そこに居合わせた娘の父親の財宝を作戦の資金として、土地勘のある者が漕ぎ手数名を率いて小船で救出に行く、という計画を立てる。娘の父親というのは、何とサンチョの友人であるディエゴ・リコー

ドン・アントニオの屋敷か…

テだった。彼は、娘たちより一足先に村を出てドイツに住める場所を見つけ、巡礼に紛れて娘を迎えに戻ったが、その不在を知り、財宝だけを掘り出して帰る途中にバルセローナを通ったのだった。

恋人救出作戦を知ったドン・キホーテは、自分がロシナンテにまたがって乗り込んだほうが得策だと主張する。だが、サンチョは「言うはやすく行うは難し」だと言って、反対。またまた騎士の出番がないうちに、救出作戦は成功してしまう。

盗賊ロケ・ギナールとの冒険の時だけでなく、「イスラム教徒 vs キリスト教徒の戦い」という、いわば「騎士道物語」では定番の冒険においてさえ、ドン・キホーテは出る幕がなくなってしまった。そう、結末まであと十章を残すところで、狂気の騎士の運命は、新たな方向へと進み出したのだ。

●遍歴の騎士、ついに廃業か?!

ある朝ドン・キホーテは、遍歴の騎士らしく甲冑に身を固めて、バルセローナの浜辺のほうへ散歩に出かけた。と、そこへ立派な馬にまたがり、光り輝く月（時に人に狂気をもたらすという）を描いた盾を手にした「銀月の騎士（Caballero de la Blanca Luna）」と名乗る男が現れる。彼は決闘を申し込み、受諾されると、ドン・キホーテに次の約束をさせた。

「（もしドン・キホーテが決闘に負けたら）むこう一年、いっさい剣に手をふれることなく、（故郷の村に）引きこもって、静かに暮らすこと。」

この「銀月の騎士」は何を隠そう、主従の故郷の学士、あのサンソン・カラスコだ。ご存知の通り、学士は一度、「鏡の騎士」に扮してドン・キホーテに決闘を挑み、打ち負かして故郷に連れ戻そうと試みて、返り討ちにあってしまった。そこで今度は周到な準備をして、再登場。ドン・キホーテを、見事に一撃で破る。敗北したドン・キホーテは約束に従い、「一年間」という期限付きとはいえ、遍歴の騎士を廃業せざるを得ない事態に陥った。

ロシナンテ共々地面に叩きつけられ、血の気を失った主人のそばに駆け寄ったサンチョには、「目の前で起こったことが何もかも夢の中の出来事のように思え、一連のからくりは、すべて魔法使いの仕業としか思えなかった」。

一方ドン・キホーテは、現実を受け入れ、一年後にまた騎士道の修行に戻るつもりだと言いつつも、バルセローナを去る前に立ち寄った浜辺で、こう嘆き沈む。

「ここでわしは、《運命の女神》の気まぐれの犠牲になったのだ！　ここでわしの功名に翳りがさし、ついにここでわしの命運もつき、わしは再起不能となってしまったのだ！」（後篇第六十六章）

そんな主人を、サンチョは必死で慰めようとする。

「旦那様、富み栄えているときに喜ぶように、悲惨な目にあってもじっと我慢するっていうのが、強い心にふさわしいことですよ。（中略）《運命の女神》と呼ばれてるあのお人は、酔っぱらいでひどく気ままな、おまけに目の悪い女だっていうからね。それで自分のしてることが見えねえものだから、誰をぶっ倒し、誰を持ち上げたかもご存知ねえってわけですよ」

ドン・キホーテは従士の賢明さに感心、感謝しながらも、いつもと違い、「魔法使い」どころか《運命の女神》の関与さえ取り下げて、《人はそれぞれ自分自身の運命のつくり手》だと、自らの落ち度を認めるのだった。

HELLO!
HELLO!
HELLO!
HELLO!
HELLO!

ドン・キホーテ主従はバルセローナの街を散策した

ドン・キホーテ最後の戦場（バルセローナ）

El testamento de don Quijote

「他人に打ち負かされはしたものの、御自分には打ち勝って戻りなさったんだよ。（中略）おのれに勝つってのは、勝利のなかでも一番すごいんだそうだ」

（後篇第七十二章）

-Si viene vencido de los brazos ajenos, viene vencedor de sí mismo ; que - es el mayor vencimiento que desearse puede.

故郷の村へ帰る途中にはブタに襲われたりもした。

遍歴の騎士業を一年間離れることになったドン・キホーテは、従士サンチョ・パンサと共に、休業中は羊飼いとして野原で自由に詩歌を楽しみながら暮らそうと計画を立てながら、故郷へ戻る旅を始めた。

旅の間にサンチョは、それまで後回しにしてきた「ドゥルシネーア姫の魔法を解くために自分の尻を鞭で三千三百回打つ」約束を、徐々に実行に移していく。実際には、主人にバレないように暗闇で、「自分の尻」ではなく「木」を鞭打ってごまかしていたのだが、とりあえず「全回数」やり遂げる。そうして魔法が解け、美しさを取り戻した思い姫に会えるという期待がドン・キホーテの中に芽生え始めた頃、ふたりはついに故郷の村を望む坂の上にたどり着いた。

●思い姫に会う夢の結末

「ああ、懐かしいおいらの古里」

サンチョは彼方に見える村へ語りかけ、こんなふうに主人の帰還を報告する。

「他人に打ち負かされはしたものの、御自分には打ち勝って戻りなさったんだよ。（中略）おのれに勝つってのは、勝利のなかでも一番すごいんだそうだ」

これに対してドン・キホーテは、

「さあ、威儀を正してわしらの村に入ろうではないか。そして村に戻ったら、これから始めるつもりの牧人生活についていろいろ考え、計画を立てるとしようぞ」

と、ここまではいつも通りの主従のやりとりだが、ふたりが村に足を踏み入れる辺りから、物語はいよいよクライマックスへと動き出す。

村の入り口で二人の子どもが争う声をきいたドン・キホーテが突然、言う。

「聞いたか、友のサンチョよ、あの子供の言いぐさを、『一生かかっても二度と見られやしない』と申したぞ」

「あの言葉をわしの立場にあてはめてみると、わしがもう二度とドゥルシネーア姫に会えない、ということになるのがお前にはわからんのか？」

本当は一人の子どもがもう一人の手からコオロギを取り上げ、もう二度と返さないと言っただけの話を、勝手に自分の立場に置き換え、落胆したのだ。

ドン・キホーテは、しかし、サンチョに諭され、友人

たちの歓迎を受けると、どうにか気を取り直して、姪と家政婦の待つ家へと帰った。そして、司祭や学士カラスコを相手に、一年間羊飼いとして暮らす計画を話し、ふたりも仲間になるよう誘った後、静かに床に就く。が、それから六日間、彼はひどい熱病に取りつかれ、サンチョがずっと枕元に寄り添ったが、とうとう瀕死の状態に陥ってしまう。

●ドン・キホーテ、狂気から目醒める

サンチョと村の友人たちは、ドン・キホーテが決闘で敗北した痛手と思い姫に会えない嘆きの余り倒れてしまったと思い、必死で元気づけようとした。しかし医者はまもなく、その命の危機を語り、本人は見舞いに集まった人々に向かって、こんなことを言い始める。

「やあ、あなたがた、どうか喜んでくだされ、わしはもうドン・キホーテ・デ・ラ・マンチャではありませんからな。日ごろの行いのおかげで善人というあだ名をちょうだいしていた、あのアロンソ・キハーノに戻りましたのじゃ」

それは狂気の騎士が、まさに狂気から目醒めた瞬間だった。ドン・キホーテはとうとう、ラ・マンチャのある村の「槍掛けに槍をかけ、古びた盾を飾り、やせ馬と足の速い猟犬をそろえた型どおりの郷士（前篇第一章）」に戻ったのだ。

彼は残された僅かな生命を費やして、遺言状をつくった。遺言では、従士であり良き友であったサンチョに多くの給金を、姪と家政婦にはそれ相応の財産を与えた。姪には更に、「まず、相手が騎士道物語とは何であるかさえ知らない男であることを確認したうえで結婚すべし」という言葉も残す。最後に、遺言執行人に対し、『ドン・キホーテ』の作者に出会ったら詫びてほしいと、こう語った。

「知らなかったとはいえ、あの本に書かれているような途方もないでたらめを彼に書かせる契機となったのはあくまでもこのわたしなのですから」

こうして遺言を終えたアロンソ・キハーノは、四日後に息をひきとる。

●ドン・キホーテから私たちへの遺言

この騎士道物語が終末を迎えざるを得ない運命に陥ったのは、ドン・キホーテが「銀月の騎士」との決闘に負けた時かもしれない、と訳者の牛島氏は言う。無敵の騎士を演じ続けてきたドン・キホーテがこの時初めて、ありのままの自分を受け入れてしまったからだ。
「要するに、わしは無謀な戦いを挑み、できるだけのことはしたが、打ち倒されたのじゃ」（後篇第六十六章）

騎士はそれまで常に、自らの正義と力を信じて生きてきた。戦いに負けるなど、現実と自分の信念との間に矛盾が生まれた時は、すべて「魔法使い」のせいにしていた。ところが、「銀月の騎士」との決闘の時だけは、負けをあっさり自分自身の弱さのせいだと認めてしまった。つまり、現実を受け入れることで、理想を信じて闘う英雄＝遍歴の騎士であることを、放棄してしまったのだ。それはすでにお話したように、「現実の冒険」の前では自分が無力なことに、気づいていたからなのかもしれない。

かくしてドン・キホーテは、不正や矛盾に満ちた「現実」の世界を、正義と信念に基づく「理想」を道しるべに生き、その「理想」が維持できなくなった時に死んでいった。作品の最後に、作者セルバンテスは「騎士道物語に描かれた、でっちあげの支離滅裂な話を、世の人々が嫌悪するようにしむける」ことが、この物語を書いた目的だったと述べるが、その言葉には深いメッセージが込められているように思う。

ドン・キホーテはかなりの変わり者で、その人生は夢のごとく支離滅裂な「騎士道物語」に似たものだった。が、普通の騎士道物語の英雄は、数々の冒険をあり得ないような力でカッコよく生き抜くのに対し、ドン・キホーテは不器用で、ボロボロになりながら生き延びた。つまり、セルバンテスは「ドン・キホーテ」を描くことで、こう訴えたかったのではないだろうか？
《カッコいい英雄でなくていい、たとえ人々にバカにされようとも、叶わぬ夢、理想を追い続ける強い精神を持つ人間こそ、真に崇高な存在なのだ。》

セルバンテス研究家のドン・ホセの言葉＝「何よりも、気高い心が大切」も、同様のことを示唆している。

そう考えるとドン・キホーテは、夢をあきらめがちな私たちに「おのれに打ち勝つ」努力をせよと、身をもって教えてくれているのかもしれない。合理性ばかりを追求し、自分にも他人にも、そして社会にも妥協し、理想を語らない人間が多い現代世界に向かって、「ドン・キホーテ」は今も大切な問いかけをしている。

エピローグ

「ドン・キホーテの足跡をたどる旅を、本にできないかな？」
そう言い出したのは、写真を担当する篠田有史だ。私は正直、「ラ・マンチャの旅はしたいけれど、それに合わせて『ドン・キホーテ』を全篇読み切るのは…」とためらった。読むのが遅く、長編は苦手だからだ。が、同時に、こうも思った。「これをきっかけに読めば、自分が気になっている〝ドン・キホーテ・ファン〟の人たちの気持ちがもっとわかるようになるかもしれない」

皆さんは、二〇〇四年に公開された映画『モーターサイクル・ダイアリーズ』のヒットで人気が再燃し、〇九年公開のハリウッド映画『チェ、二十八歳の革命』、『チェ、三十九歳別れの手紙』でも取り上げられたアルゼンチン人の革命家、チェ・ゲバラ（一九二八〜六七年）をご存知だろうか？　カストロ兄弟と共にキューバ革命を勝利に導き、その後ボリビアでの革命闘争の最中に、三十九歳で殺された男だ。そんな彼がキューバを離れ、再び異国（ボリビア）での戦いへと旅立つ際、両親に送った手紙の中にこんな一節がある。
「もう一度私は足の下にロシナンテの肋骨を感じています。盾をたずさえて、再び私は旅を始めるのです」

ロシナンテとは無論、われらが騎士の愛馬のこと。ゲバラは、たとえそれが終わりのな

い現実離れした闘いであっても、信念に従ってやり通すことを信条とする自分を、ドン・キホーテにたとえた。ドン・キホーテは、狂人と呼ばれるほど無茶な人生を送ってでも、世の不正に立ち向かう闘士の「先輩」であり、心の支えだからだろう。ちなみに彼は、『ドン・キホーテ』を六回以上読んだという。

メキシコで一九九四年、先住民の権利の尊重と民主主義の実現を訴えて立ち上がった「サパティスタ民族解放軍（EZLN）」のスポークスパースンで、ゲバラを尊敬するマルコス副司令官の愛読書も、『ドン・キホーテ』だ。小説家並みの巧みな文章を書くことで知られる彼は、九五年にインタビューした際、「ドン・キホーテを奮い立たせたのと同じ意志が、私に騎士の鎧の代わりの（EZLNの）覆面を被らせたことは確かです」と語った。「でも、結末は違うほうがいいね」と笑い、今も闘争を続けている。曰く、「闘うということは、夢見ることです」。

ゲバラの盟友、キューバのフィデル・カストロ前議長を敬愛するベネズエラのウーゴ・チャベス大統領もまた、ドン・キホーテのファン。『ドン・キホーテ』前篇出版四百周年の二〇〇五年には、この小説の有名な章を集めてわかりやすく解説した本を

演劇フェスティバルで（アルカラ・デ・エナーレス）

百万部、国民に無料で配り、「不正を打ち破り、世の中を正す『ドン・キホーテ』を読んで、心を豊かにしよう」と呼びかけた。

われらが騎士の生きざまは、スペイン語圏はもちろん、世界中で理想のために闘う人々の心を支えている。旅を終えて、改めてそう実感した。

今回の旅はまた、小説『ドン・キホーテ』の内容やメッセージと共に、その舞台で出会うスペインの豊かな自然、歴史、文化、人々の心意気を通じて、「これからどう生きるべきか」を教えてくれた気がする。

スペインは長きに渡り、民族

や文化が混じり合い、ぶつかり合う歴史をたどってきた。そこには今でも、様々な民族、宗教、文化を持つ人が同居する。その分、主義・主張も多様だ。フランコ独裁期（一九三九～七五年）の抑圧から解放されてからは特に、人々は「世間一般」の基準ではなく、「自分自身」が良いと思うものにこだわり、信じる力を、強くしたように思う。

一九八六年にＥＵ（欧州連合）に加盟し、九九年の通貨統合でユーロ圏になった国は、過去の貧困と決別すべく、経済力をつけてきた。しかし、そのために国民がライフスタイルを、日本人のように「長時間労働」、「将来への備え第一」に変えたわけではない。旅で出会った人々や現地に暮らす友人たちを見ていると、そう感じる。

彼らは今も、「世間」よりも「自分自身」を軸におき、「現実的に考えること」よりも、「夢見て楽しむこと」を本分として生きている。はたから見れば、無駄な、くだらない、不合理なことでも、自分が「やりたい」と思ったら、とことんのめり込む。今この時夢見ることが大切なのだ。私たちも、人生の旅の終わりに悔いや愚痴ばかりを残したくなければ、その姿勢を少しは見習わなければならない。サンチョのようによく飲み、よく食べ、正直に語り、ドン・キホーテのように自分の理想と信念を信じて闘えば、この世はもっと楽しい場所になる。

「ドン・キホーテの世界」は、私たちに勇気と夢を授けてくれる。

ドン・キホーテ像（キューバ・ハバナ）

【セルバンテスの生涯】

篠田 有史

セルバンテスの人生は、ドン・キホーテも兜を脱ぐほどに波乱に満ちたものである。とはいっても、四百年も前のことだから、本当のことはわからない。大家となってしまったがゆえに、かなり美化されているに違いない。像や肖像画はたくさんあるが、実は、本当の顔さえ定かではないのだ。彼のものといわれる肖像画も、直接見て描かれたものではないらしい。エル・グレコの名画『オルガス伯の埋葬』に、セルバンテスが描かれている、ともいわれるが、エル・グレコ風にみんな面長になっているので、誰もがそれらしく見えてしまう。

ということで、心してミゲル・デ・セルバンテス・サアベドラの人生をたどってみよう。

一五四七年、ミゲルはマドリードの東約三十キロにある大学都市、アルカラ・デ・エナーレスで、外科医の四男三女の次男として生まれた。これは教会の洗礼記録から明らかである。長男は生まれてまもなく亡くなっているので、実質的には長男だが、二人の姉がいた。

父は外科医だったが、簡単な怪我の治療や悪い血を抜いたりするだけの、余り地位の高い職業ではなかった。アルカラには同業者が多く、難聴というハンディもあったためか、仕事はうまくいかず、当時宮廷があったバリャドリードへ引っ越す。

父は、心機一転、借金までして設備を整え、外科医の仕事を始めるが、うまくいかず、借金を返すことすらできずに、投獄される。ミゲルも後年、投獄を経験することになるが、実は、祖父も仕事上の民事訴訟で投獄されている。

何とか借金を返済した父はバリャドリードを離れ、一家でコルドバに住む祖父を頼る。祖父は、ここで異端審問所の弁護士として安定した生活を送っていた。祖父母は別居し、祖母はミゲルたちと一緒に暮らしていた。ちょっと複雑な家庭である。

祖父は息子の結婚に反対していたが、ここで仲は修復されたらしい。が、祖父母のよりは戻らなかった。家族の絆は強いが、男女関係の複雑な事情もあり、ミゲルは、最期まで家族の問題で悩まされる。家族を大切にし、「仕事より家庭」というのは、現代においてもスペイン人のモットーである。

六歳のミゲルは、コルドバで初等教育を受けた。人形劇を見て感激したこともあったらしい。その後、祖父母が相次いで亡くなると、父は一時グラナダの弟を頼ったりするが、結局は一家でセビージャへ引っ越す。ミゲル十七歳の頃である。ということは、彼は思春期をアンダルシアで過ごしたことになる。つまり、あの聞き取りにくいアンダルシーア訛りで話していたのだろうか。ただ、少し言語障害があったといわれているので、普通のスペイン人ほどには、早口ではなかっただろう。

「セルバンテス像」（アルカラ・デ・エナーレス）

当時のセビージャは、ヨーロッパ屈指の港湾都市で、「新大陸」から莫大な富が集まり賑わっていた。コロンブスが三度目の航海に出航したのもセビージャだった。ミゲルはここで、二年間を過ごす。特に演劇には興味を持ったようだ。ところがまたしても借金に苦しめられていたらしい父は、家族を連れ、この頃首都となったマドリードへ移る。

二十二歳の秋、ミゲルは、転機となる大事件を起こす。決闘である。原因はわからないが、相手を傷つけたために言い渡された「右手切断と海外追放十年の刑」を逃れるために、ローマへ行き、若い枢機卿に召使いとして仕える。

実は、ミゲルのイタリア行きは、長い間謎だった。有望な詩人として歩み出だしたばかりだったのに、なぜローマへ行ったのかが、どうしてもわからなかった。が、十九世紀末、古文書館で逮捕令状が見つかり、そこに、ミゲル・デ・セルバンテスの名前があったのである。もちろん、それが同姓同名の別人である可能性もあるが…。それにしても犯罪者が、枢機卿の召使いになれるのだろうか。情報化社会の現代とは違う、ということか。とはいっても、バレたからか、しばらくして枢機卿の召使いを辞め、翌年には、スペイン領の南イタリアに行き、兵士になる。

そして、いよいよ前半のクライマックスがやってくる。スペインから来た弟と共に、名高い「レパントの海戦（一五七一年）」に参加するのである。戦いは、キリスト教艦隊約二百隻、約八万人と、イスラム艦隊約二百五十隻、約九万人により、ギリシャのレパント沖で行われた。大砲などの装備はキリスト教艦隊の方が勝っていた。

当日、ミゲルは熱病で伏していたが、起き上がり勇敢に戦う。しかし、不運にも敵の銃撃に倒れるのである。戦いは、キリスト教艦隊の圧勝に終わるが、両軍あわせて、三万人が戦死するという激戦だった。ミゲルは、一命を取り留めるが、左腕は生涯使えなくなる。

レパント沖での活躍により、彼は昇格した。ところが二年後、イタリアでは兵士としての展望が見えなかったのか、後のシチリア副王・セッ

ミゲルはここで兵士になった。（イタリア・ナポリ）

サ公爵らの推薦状を携えて、弟と帰国の決意をする。スペインでの明るい未来が見えていたのだろうか。乗り込んだのは「太陽号」という名の船であった。

　船は、安全のために隊を組んでいた。ところが、嵐にあって散りぢりに。「太陽号」はイスラム教徒の海賊に拿捕され、北アフリカのアルジェに連行される。捕虜となったミゲルは、推薦状を持っていたために、重要人物と思われ、莫大な身代金が要求されることになった。家族はこの身代金を工面するのに、五年を費やすことになる。弟は、身代金の額が低かったのと、ミゲルの年長者の特権放棄によって、二年余りで身請けされた。

　この苦境の中で、ミゲルは、イスラム世界の想像以上の豊かさと出会う。その感動は後に、『ドン・キホーテ』の中に生かされることになるのだが、彼はここで実に劇的な行動に出る。四度の失敗に終わる脱走計画である。

　当時アルジェを治めていた王は、残虐さで有名で、計画を手伝った者たちは処刑されたり、耳をそぎ落とされたりした。ところがミゲルは、首謀者でありながら、その潔さからか、極刑を免れた。そこには別の理由（ミゲルは同性愛者の王に好かれていた?!）があった、ともいわれるが、もちろん定かではない。確か、映画「アラビアのロレンス」にもそんな場面があった。

　そして、彼の「持ち主」である王がトルコへ出発する直前、身代金が調達され、スペインへ帰るのである。家族との再会は感動的だったに違いない。しかし、身代金のために多額の借金が残され、暮らしは逼迫していた。一足先に帰っていた弟は、稼ぐために、また兵士になっていた。ミゲルは推薦状を手に宮廷に仕事を探すが、一時的な仕事しかもらえない。

一方、十一年ぶりに再会した文学仲間や先生の励ましで、処女小説『ラ・ガラテーア』を出版し、好評を得る。が、作家として食べてはいけず、生活のため、戯曲を書き続ける日々が続いた。

その頃、ある女性と恋をし、娘ができる。が、相手は既婚者であったために、結ばれることはなかった。とはいえ、後に女性が亡くなると、娘を引き取る。

恋人と別れて間もなくのこと、ミゲルはマドリードに近いラ・マンチャの小さな村に滞在した。そこで妻となる十八歳年下の女性と出会う。三十七歳の時である。彼はその村エスキビアスで結婚し、彼女の実家で暮らすことになる。義父はすでに亡く、男手を必要としていたのだろう。ここでの生活の中で、『ドン・キホーテ』の主人公たちのモデルと出会うのである。

戯曲では食べていくことができなかった。戯曲の世界には〝怪物〟ローペ・デ・ベガがいた。そんな時、父親が亡くなる。するとミゲルは、エスキビアスの平穏な村の生活を捨てて、セビージャへ向かうのである。義母との確執からか、父親ゆずりの放浪癖なのか、その理由はわからない。

時はフェリペ二世の時代。ヨーロッパの一部と「新大陸」、フィリピンに加え、ポルトガル併合によって広大な領土を手に入れ、スペインは「陽の沈まない帝国」と呼ばれていた。が、実状は「新大陸」からの富に頼り、本国の経済力は衰え、更には牧畜を優先させたために農業生産力は低下していた。そのため、国王は破産宣言を出すほどであった。そのうえ、オランダの独立戦争やイギリスとの戦いなどの外交問題も抱えていた。

ミゲルは、この国家的危機に愛国心を奮い立たせたのだろうか。無敵艦隊の食糧徴発係を安い給料で請け負い、アンダルシーアの村々をかけずりまわり、食糧を徴発する。が、

助手の不手際のせいで、一時的に投獄されるはめになる。貧しい農家からの取り立ては、ミゲルには、辛い仕事だったに違いない。

ところが、ご存知のように無敵艦隊は、イギリスにあっけなく破れる。食糧徴発の仕事はなくなった。そこで次は、アンダルシーアでの徴税の仕事につく。が、ここでも問題が。徴収した金を預けていた金融業者が破産してしまったのだ。またもや投獄され、今回は数ヶ月間の長期に渡ることになる。

しかしこの時、『ドン・キホーテ』は構想されるのである。セビージャの獄には、『ドン・キホーテ』に出てくるような、様々な犯罪者がいたに違いない。

フェリペ三世の治世になり、宮廷はまたもやバリャドリードに遷された。ミゲルは長かった旅の生活をやめ、妻と引き取ったひとり娘、姉それに妻の親族たちとバリャドリードで暮らすことになった。ここでようやく、『ドン・キホーテ』の執筆が始まる。すでに五十代も半ば、当時としては晩年である。

一六〇五年一月。満を持して『ドン・キホーテ前篇』は出版される。そして、大好評のうちに版を重ねる。しかしいくら売れても、版権を売り渡していたミゲルには、名声しか残らなかった。

その後、『模範小説集』などを出版するものの、生活は苦しいままであった。ある時、ちょうど『ドン・キホーテ後篇』の審査をしていた検閲官に、フランスから訪れた貴族たちが、セルバンテスの消息を尋ねた。フランスでは、『ドン・キホーテ』だけでなく、『模範小説集』や『ラ・ガラテーア』までもが高い評価を受けていた。彼らは、作家が貧しい生活を送っていることを知り、なぜ国が援助し裕福にしないのかと疑問を呈し、しかし、貧しさゆえに書かざるを得なかったのなら、貧しいままであったことは私たちには幸いでした、と言ったという。四百年も前から、フランスは文学を国家として保護していた。さすがである。

大衆は『続篇』を望んでいた。ミゲルは、最初は生活のために、途中からは名誉のためにも、『続篇』を書き上げなければならなくなる。すでに『前篇』出版から四年以上が過ぎていた。彼は、ようやく『後篇』を書き始めるが、その途中に贋作が出版されるのである。それにはミゲルに対する侮蔑の言葉が添えられていた。

　大当たりした小説の贋作が出ることは、当時の状況から予想された。しかしミゲルは、侮蔑に対し、またそれ以上に、彼の分身でもあるドン・キホーテを不当に他人が操ることに対し、我慢できなかった。そこで猛スピードで最後まで書きあげるのである。ミゲルの残りの時間を考えれば、贋作が出なかったら、『後篇』は未完に終わったかもしれない。

　一六一五年、『後篇』は出版された。セルバンテスは、その大好評を見届け、翌年、妻と姪たちに看取られ死んでいく。ひとり娘とは、結婚問題のこじれから絶縁状態になったままであった。

ミゲルはここに葬られている（マドリード）

　ミゲルほど、多くの旅と冒険をし、多くの人に会い、多くの苦難を味わった作家はいないに違いない。検閲が厳しい時代に、作家として生きることの難しい時代に、彼は、ドン・キホーテのように正々堂々と戦いを挑み、見事に勝利した、とぼくは思う。

　ミゲルのひとり娘には子どもが一人いたが、彼の生前に夭折している。彼の血を引く者はいない。しかし彼が生み出したドン・キホーテは、人類が滅亡するまで生き続けるであろう。

【特別寄稿】

ドン・キホーテへの旅

松本幸四郎

●マドリッドの神気

灼熱の太陽が照りつけるマドリッドのスペイン広場。その日は、気温四十度を超える猛暑で、熱風が顔にまとわりついていた。

真実も事実も溶ける大暑かな

僕の想像に反し、意外なほど静かな景色の中で、僕はキホーテの像との対面を果たすことになったのだ。

ブロードウェイ公演から苦楽を共にしてきた妻と、ドン・キホーテに因んで父が命名した長女紀保子と僕の三人は、その像に向かって広場を進んだ。

「いよいよだ」と、僕は心の中で少し覚悟をした。

像の手前の階段を、一段また一段と踏みしめる。その時が刻々と近づいていた。やがて視界の隅に、ドン・キホーテの高く掲げた右手の先が入った。その手先から腕へ、そして顔へ…。

その瞬間だった。一陣の爽やかな風が、どこからともなくサーッと吹いてきて、「よく来た」という声が聞こえたのだ。

僕の胸は熱くなり、とめどもなく涙が溢れた。妻の言うとおり、本当に来て良かったと心から思った。

『ドン・キホーテ』が生まれて四百年。この物語は、スペインのこの地で人々に愛され続けてきた。聖書と同じくらい世界中で愛読され、幾多の芝居やバレエに脚色されてはいても、その精神のルーツは、まさに、ここスペインにあるのだ。

その事実を、僕は改めて全身で感じとっていた。『ラ・マンチャの男』の台詞にあるように、「あるがままの自分に折り合いをつけるのではなく、あるべき姿のために闘う」という、その誇り高き言葉の意味を噛み締めながら。

素晴らしい時間と空間だった。別れの時、階段を下りながら、僕はもう一度像を仰いだ。光々しいまでに真っ青なスペインの

空、その下に真っ白なセルバンテスの石像、そして、その前に、サンチョを従えたドン・キホーテの気高いブロンズ像。憂い顔の騎士は、遠ざかる僕に「アディオス」と声をかけてくれた。

●大魔王との対決　カンポ・デ・クリプターナ

ラ・マンチャの大地をひた走る僕らの前に、丘の町が姿を現した。いよいよその時が来たのだ。丘の上に立ちはだかる大魔王と、僕ドン・キホーテは対決しなければならない。

長い間僕は、この風車を見たくはなかった。マドリッドのドン・キホーテ像同様、対峙することを拒み続けていたのだ。この風車を見ることで、僕のドン・キホーテに一区切りがついてしまうような気がしたし、その瞬間に「見果てぬ夢」の終焉を見るようで、とても嫌だったからだ。

しかし、もう逃れることはできない。達成感とか感慨とかが押し寄せてきて、その気持ちを納得しなければならないのだろうと、いささかの憂鬱さえ抱いていた。

スパニッシュブルーの空の下、赤く乾いた大地が果てしなく続き、真夏の太陽は容赦なく照りつけている。丘を渡る風はむしろ熱風といってもよく、軽い目眩さえ覚えるほどの照り返しに、僕の心は狂気と正気との間を彷徨っているかのようだった。そう、ドン・キホーテの目には、巨大な風車が、本当に大魔王に見えたのかもしれない。とすれば、闘いを挑んだドン・キホーテこそ正気だったということか。

そんなことをぼんやりと考えながら、僕は丘を登った。やがて目の前に、四つの巨大な腕を広げた風車の群れが現れたのだ。草も木も、もちろん家さえもないその場所に、ただ忽然と立つ無表情の風車が。

ところが、不思議なことなのだが、僕の心には達成感も感慨も微塵も浮かんではこなかった。いったい僕は、今まで何を怖れ、何を拒み続けていたのだろう。風車を前にして、この瞬間のために用意していた言葉のすべてを呑み込んでしまっていた。

そして僕の口をついて出た言葉は、「今まで見ていたのは夢のための夢。六十を過ぎた自分が、今日これから見る夢が本物の夢なのだ」。キホーテと出会って三十六年。彼の敵である風車を目の当たりにして、僕の肚の底から涌き上がってきたのは、「これから見る夢が本当の夢なのだ」という、まるで頭を鉄槌で打たれ、目から鱗が落ちるような思いだった。奇しくも、そのことに気付かされた僕は、風車の群れと対峙しながら、灼熱の赤い大地に立ち尽くしていた。

遥か稜線の彼方に目をやると、陽炎の中にゆらゆらと、ロシナンテのくつわをとったサンチョが大きく手を振りながら、「旦那さま〜ぁ」と迎えに来てくれそうな気がした。

一生に一度の、熱く乾いた、夢のような午後だった。

松本幸四郎『弁慶のカーテンコール』第II部第一章「ラ・マンチャの風車—スペイン旅行に寄せて」より（光文社知恵の森文庫、二〇〇六年）。再録にあたり加筆修正を施した。

松本 幸四郎（まつもと こうしろう）

歌舞伎俳優。一九四二年東京都出身。

一九四六年初舞台。一九四九年六代目市川染五郎襲名。一九八〇年九代目松本幸四郎襲名。一九七〇年ブロードウェイにてミュージカル「ラ・マンチャの男」を英語で単独主演。二〇〇四年長きにわたり「ラ・マンチャの男」ドン・キホーテ役を演じ続けた功績によりカスティーリャ・ラ・マンチャ栄誉賞受賞。二〇〇八年四月「ラ・マンチャの男」主演回数通算一〇〇〇回を達成。同年十月には、歌舞伎十八番の内「勧進帳」の弁慶役上演回数一〇〇〇回を達成した。紫綬褒章受章。

あとがき

本書は、若い頃からスペインに通い続けている、フォトジャーナリストの篠田有史と、そのスペイン遍歴計画に乗った私が、NHKのラジオ「スペイン語講座」のテキストで書いた記事をベースにしながら、追加取材をして、「ドン・キホーテの世界」をより多くの日本人に知ってもらいたいと、企画したものだ。『ドン・キホーテ』からの引用はすべて、カスティーリャ・ラ・マンチャ州が出した一冊一ユーロの本と、大学時代にスペイン語を教わった故・牛島信明先生が訳された岩波文庫からさせていただいた。

『ドン・キホーテ』に関しては、日本でも様々な学者、作家、研究家らが翻訳、解説等の文章を発表しており、欧米では更に多くの書物が、時代ごとに出版されている。この小説に関する解釈・評論は、多様かつ数多く存在するわけだ。セルバンテスがこの作品で表現した事柄は、それだけ多角的、重層的で、ある意味「読む人が自分なりに気づき、解釈すればいい」ものなのかもしれない。そう考えることにして、私はスペイン文学、いや文学自体の素人であることを強みに(?!)、小説の中、あるいはその舞台となった場所で、おもしろいと感じたことを思うがままに書き記してみた。写真が、その自由な旅の空気と「ドン・キホーテの世界」を存分に表現してくれていると思う。

この本がもし、日本人の『ドン・キホーテ』への興味、ドン・キホーテの国・スペインへの関心を呼び起こすことに少しでも成功したなら、それはわが遍歴のパートナーを始め、この本に関わった大勢の皆さんのおかげだ。エッセイを寄せてくださった松本幸四郎さん、論創社・編集担当の松永裕衣子さん、デザインを引き受けてくれたやまもとちかひとさん、取材に協力してくださったセルバンテス文化センター東京のVíctor Ugarte館長と職員の皆さん、カスティーリャ・ラ・マンチャ州観光工芸省のMaría Pilar Cuevas Henche工芸局長、同州観光推進協会広報担当Isabel de Castro García-Rubioさん、セルバンテス研究家のDon JoséことJosé Rosell Villasevilさん、マドリード・コンプルテンセ大学のFrancisco Parra Luna教授、マドリードでいつも宿を提供してくれる友人SergioとRosa、スペイン語の添削をしてくれた友人のSilvia、ＮＨＫテキストでお世話になった祝尚子さん、そしてわがパートナー、皆さん、ありがとうございました！　¡Muchísimas gracias a todos!

二〇〇九年八月

工藤律子《Ritsuko Kudo》

［参考文献］

『ドン・キホーテ』 セルバンテス・著 牛島信明・訳 全六冊 岩波文庫 二〇〇一年
『ドン・キホーテ』 セルバンテス・著 荻内勝之・訳 全四巻セット 新潮社 二〇〇五年
『ドン・キホーテ』 セルバンテス・著 会田 由・訳 全四冊 ちくま文庫 一九八七年
『ドン・キホーテの旅』 牛島信明・著 中公新書 二〇〇二年
『反＝ドン・キホーテ論 セルバンテスの方法を求めて』 牛島信明・著 弘文堂 一九八九年
『ドン・キホーテ事典』 樋口正義、本田誠二、坂東省次、山崎信三、片倉充造・編 行路社 二〇〇五年
『「ドン・キホーテ」を読む』 京都外国語大学イスパニア語学科・編 行路社 二〇〇五年
『ドン・キホーテへの誘い』 古家久世・著 行路社 二〇〇六年
『ドン・キホーテの食卓』 荻内勝之・著 新潮選書 一九八七年
『贋作ドン・キホーテ』 岩根圀和・著 中公新書 一九九七年
『贋作ドン・キホーテ』上・下 アベリャネーダ・著 岩根圀和・訳 ちくま文庫 一九九九年
『セルバンテス短篇集』 セルバンテス・著 牛島信明・訳 岩波文庫 一九八八年
『セルバンテス』 ジャン・カナヴァジオ・著 円子千代・訳 法政大学出版局 二〇〇〇年

Miguel de Cervantes, *El Ingenioso Hidalgo don Quijote de la Mancha* (Empresa Pública Don Quijote 2005, S.A., 2005)

José Rosell Villasevil, *Amigo Sancho* (Junta de Comunidades de Castilla-La Mancha,2008)

F.ParraLuna,M.Fernández Nieto,S.Petschen Verdaguer,J.A.Garmendia,J.P.Garrido,J.Montero de Juan, G.Bravo,M.J.Ríos Insua,J.Maestre Alfonso, *El lugar de la Mancha es…* (Editorial Complutense S.A.,2005)

Guía turística, *Ruta de Don Quijote:a pie, en bicicleta, a caballo*(Aguilar,2004)

Pilar Pérez Viñuales, *Don Quijote y Sancho Panza por caminos de Aragón* (Comarca Ribera Alta del Ebro,2005)

-Cuando se acaba la vida, a todos les quita
la muerte las ropas que los diferenciaban,
y quedan iguales en la sepultura. — don Quijote

著者紹介

篠田 有史（しのだ　ゆうじ）

1954年岐阜県生まれ。フォトジャーナリスト。

名古屋工業大学工学部卒業後、24歳の時に 1年間、写真を撮りながら世界一周の旅をする。その際スペインと出会う。以来、スペイン語圏を中心に市井の人たちを撮り続けている。写真展「スペインの小さな町で」「遠い微笑・ニカラグア」（富士フォトサロン）「ぼくらは生きる・メキシコのストリートチルドレン」（東京 YMCAなど）を開催。書籍『コロンブスの夢』（新潮社）、『リゴベルタの村』（講談社）、『ストリートチルドレン』（岩波ジュニア新書）『とんでごらん』『勇気ある母親になりたい』『子どもたちに寄り添う』（JULA出版局）などで写真を担当。

工藤 律子（くどう　りつこ）

1963年大阪府生まれ。ジャーナリスト。

東京外国語大学地域研究研究科修士課程在籍中、メキシコの貧困層の生活改善運動を研究するかたわら、フリーのジャーナリストとして、スペインやラテンアメリカを中心に取材活動を始める。その後、アジアにもフィールドを拡大。特に「ストリートチルドレン」の取材は、篠田と共にライフワークにしている。著書に『居場所をなくした子どもたち』『家族と生きる意味』『子どもは未来の開拓者』『仲間と誇りと夢と』（JULA出版局）、『ストリートチルドレン』（岩波ジュニア新書）『リゴベルタの村』（講談社）などがある。

本書の出版にあたっては
スペイン文化省のグラシアン基金より
2009年度の助成を受けた。

La realización de este libro ha sido subvencionada
en 2009 por el Programa " Baltasar Gracián" del Ministerio
de Cultura de España.

ドン・キホーテの世界をゆく
El Camino de Don Quijote

2009年 9月 1日　初版第1刷印刷
2009年 9月 10日　初版第1刷発行

写　真　篠田有史
文　工藤律子
発行者　森下紀夫
発行所　論創社
東京都千代田区神田神保町 2-23　北井ビル
tel. 03(3264)5254　fax. 03(3264)5232
http://www.ronso.co.jp/
振替口座 00160-1-155266

装幀・デザイン　やまもとちかひと
印刷・製本　中央精版印刷

ISBN978-4-8460-0901-4　C0098　Printed in Japan